IRIS KERSTEN

Treppensteigen in Brüssel

Zweite, durchgesehene Auflage

Lektorat: Bettina Meinzinger
Umschlaggestaltung: Haakon Auster
Umschlagbild: Dieter Buschmann
Printed in Europe
ISBN 978-3-938531-53-2
www.autumnus-verlag.de

IRIS KERSTEN

Treppensteigen in Brüssel

Autumnus Verlag

Der Leser – ich meine damit den wahren Leser –
ist fast immer ein Freund.
Er hat das Buch ausgesucht, hat es unter dem Arm
nach Hause getragen und zu sich eingeladen.

Marcel Pagnol

In diesem Sinne wage ich zu sagen:

Lieber Freund,
Sie haben sich hier ein fiktionales Buch, dessen Geschichten in einer nicht fiktionalen Stadt spielen, ausgesucht. Die Charaktere und deren Erlebnisse sind frei erfunden, aber die Orte und Gegebenheiten sind real.
Da es sich nicht um einen Reiseführer handelt, können nicht alle erwähnenswerten Plätze genannt werden.
Mein Ziel ist es, ein Lebensgefühl zu vermitteln.
Ich hoffe, dass Sie durch die Brille von Julie, Sabine, Jack und Cecilia die Möglichkeit haben, einen kleinen Einblick in das Brüsseler Leben, seine Möglichkeiten und seine Atmosphäre zu bekommen, und dass Sie sich so Brüssel ein wenig nach Hause holen können (falls Sie nicht schon dort wohnen).

HERBST

Grau und trist, Feuchtigkeit in der Luft. Da! Ein Sonnenstrahl? Und Schäfchenwolken. Manchmal Wind. Fast ein Nordseegefühl. Fast.

Es war spät geworden. Drei Uhr morgens. Julie schloss lautlos die Haustür zu einem großen schmalen Brüsseler Stadthaus auf. Beinahe wäre sie über einen der Müllsäcke gestolpert, die halb aufgerissen auf dem Bürgersteig lagen. Konnten die Leute ihren Müll nicht morgens raus stellen, dann würde auch nachts niemand darüber fallen. Außerdem würden die Katzen, Raben, Tauben und anderes Getier sich nicht darüber hermachen, so dass der Müll am nächsten Morgen auf der Straße verteilt war. Aber niemand fragte sie nach ihrer Meinung.
Die Tür fiel ins Schloss, und sie machte sich auf den Weg in ihr Appartement. Noch 48 Treppenstufen, dann hatte sie endlich Feierabend, konnte endlich ihre Beine ausstrecken. Sie würde sich auf ihre Couch legen, noch eine Zigarette rauchen - ein letztes Glas Rotwein dazu - und danach schlafen gehen. Julie hatte die Schicht ihrer Kollegin, die krank geworden war, übernehmen müssen. Sie

war todmüde. Trotz ihrer 59 Jahre, von denen sie 45 in verschiedenen Restaurants und Cafés gearbeitet hatte, war es ihr bis heute ein Rätsel, warum die Menschen nachts so lange in der Kneipe hocken mussten. Zumal es doch ein ganz normaler Mittwoch war.
Sie arbeitete in dem Café um die Ecke. Le Chaplin. Frühschicht – eigentlich. Manchmal gab es Ausnahmen. Extra wegen der Arbeit war sie in diese Wohnung gezogen. Fußweg drei Minuten.
Kaum war sie in ihrer Wohnung angekommen, sprang schwanzwedelnd ihr Yorkshire-Terrier an ihr hoch. „Pauvre chien. Kein Mensch kümmert sich um dich." Wie gut, dass wenigstens ihr Nachbar Leo ab und zu nach dem Tier sah. So ersparte sie sich die Gewissensbisse, ihren Liebling den ganzen Tag allein gelassen zu haben.

Sabine zog sich die Bettdecke über den Kopf. Nein, sie wollte das jetzt nicht hören. Aber sie hörte es doch: „Mammaaaaa! Pipi!" Ein Blick auf die Uhr: Kurz nach drei. Und die Stimme, die aus dem oberen Stockwerk kam, hörte sich erstaunlich wach an ... im Gegensatz zu ihrer eigenen: „Komme." Mehr schlafend als wach rollte sich die Mutter, die natürlich froh war, dass ihr dreijähriges Mädchen Sofia auch nachts seit Neuestem keine Pampers

mehr brauchte, aus dem Bett – und fluchte innerlich: „Diese verdammten Treppen. Ich werde unser Schlafzimmer nach oben verlegen.“ Und dort stand die Kleine nun, an der Barriere zum Treppenabgang und wartete: „Ich muss Pipi.“
„Ja, ich weiß, sei schön leise, damit du deinen Bruder nicht weckst.“
Die Schlafanzughose hing dem Mädchen auf den Füßen und es saß schon fast auf dem Töpfchen - das für alle Fälle oben im Treppenhaus stand -, da fiel ihr noch etwas ein: „Ich brauch aber noch die Carolin. Carolin muss auch Pipi.“
„Pschhhht. Ich glaub, die Carolin ist wieder eingeschlafen!“
„Neiiiiin! Sie muss Pipi!“
„Pschhhht. Ich such sie ja, setz dich mal hin.“
„Mama?“, eine verschlafene Stimme aus dem Hintergrund.
Oh, nein, jetzt war Elias doch wach geworden. Sabine spurtete ins Kinderzimmer: „Dreh dich um, mein Schatz, kuschel dich wieder ein und schlaf weiter.“ Noch ein Griff in Sofias Bett und die Puppe Carolin geschnappt, um mit einem Satz wieder bei dem Pipi machenden Mädchen zu sein. „Hier, deine Carolin.“
„Ich will in dein Bett.“
Und wenn Sabine jetzt nein gesagt hätte, hätte das clevere Kind solch einen Höllenlärm veranstaltet,

dass Sabine bestimmt beide Kinder hätte mitnehmen müssen. Also gab die kluge Mutter nach. Auf dem einen Arm Sofia und Carolin, mit der anderen Hand das Treppengeländer fest im Griff – mit solch kostbarem Gut wollte sie natürlich nicht riskieren, im Dreiviertelschlaf die Treppen herunter zu stürzen –, tappte Sabine im Dunkeln die Treppen hinunter in den ersten Stock.
Im elterlichen Schlafzimmer angekommen, lag der fürsorgliche Ehemann und schlief. Ebenso schlief das süße Mädchen sofort wieder ein, nur die übermüdete Mutter blieb noch eine Weile wach und hing ihren Gedanken nach. Wenn sie das Schlafzimmer – auch wenn es das schönere Zimmer war – mit dem Spielzimmer tauschen würde, könnte sie sich das nächtliche Treppensteigen sparen.

Jack war verzweifelt. Er war im Delirium Café gewesen, eines der Bierlokale mit dem größten Bierangebot Brüssels (sie warben mit 2000 Sorten), benannt nach Delirium Tremens, dem Bier, welches 1998 zum besten Bier der Welt gekrönt worden war. Jack ging gerne ins Delirium. Es befand sich in einem Kellergewölbe aus dem 18. Jahrhundert, 100 Meter vom Grand Place entfernt in einer kleinen Seitengasse von der Restaurantstraße Rue des Bouchers (auch Fressgasse genannt) abzweigend.

In dieser Gasse (Impasse de la Fidélité) wohnte übrigens auch Jeanneke Pis, das weibliche Gegenstück zum Manneken Pis.

Die Wände des Delirium waren voll mit alten Werbetafeln aller möglichen Biersorten. Neben den Leuchtstrahlern und Biertabletts hingen kleine rosa Elefanten von der Decke (das Wahrzeichen des Bieres Delirium Tremens – wer weiß, vielleicht sah man beim Entzug ja eben solche rosa Elefanten). Holzbierfässer waren zu Tischen umfunktioniert, die Theke lag im Zentrum des Geschehens und immer war es voll. Außerdem hatte man selbst tagsüber – dadurch dass sich das „Café" eben im Keller befand und Helligkeit künstlich erzeugt wurde – das Abendgefühl.

Biere gab es zwar aus aller Welt, aber Jack bevorzugte wie fast alle Iren immer noch das irische – ein kühles Guinness schmeckte für ihn einfach nach Heimat. In diesem Moment fragte er sich allerdings nur, warum sich sein Fahrrad nicht anschließen lassen wollte. Das Rad bockte wie ein sturer Esel. Einmal rollte es vor, dann wieder zurück und Jack hatte wirklich Schwierigkeiten, das Schloss sowohl durch die Speichen als auch um das Halteverbotsschild zu schlingen. „Shit!"

Eben war er noch wunderbar geradeaus gefahren und jetzt sollte er die Kontrolle über sein Fahrradschloss verloren haben? Vielleicht war das auch der Grund, warum die schöne Blonde ihn nicht begleitet hatte. Sie hatte bestimmt von der bevorstehenden Fahrradschlosskatastrophe gewusst und hatte keine Lust gehabt, ihm die halbe Nacht zuzuschauen, wie er seinen Drahtesel bezwang. Sollte er deswegen traurig sein? Nein, nicht jetzt. Er musste sich um das Rad kümmern. Und was noch wichtiger war: Er musste schlafen. Er ließ das Rad einfach, wo es war. Es war sowieso nicht mehr das neueste. Morgen würde es nicht mehr da sein, das war klar, aber man konnte eben nicht alles haben im Leben. Glücklicherweise schaffte er es dann aber, sowohl die Haustür als auch die Tür zu seinem Appartement im dritten Stock in der Rue Antoine Dansaert aufzuschließen. (Wie er den Weg nach oben geschafft hatte, war ihm unbegreiflich.) Dort fiel er auf die Couch und blieb einfach liegen. Eine Couch eignete sich genauso gut, den Rausch auszuschlafen wie ein Bett. Dazu hatte er noch fünf Stunden Zeit. Morgen früh um neun hatte er einen Termin mit den Politikern Brüssels. Und sein Arbeitgeber, der irische Radio- und Fernsehsender RTE, würde nicht sehr erbaut darüber sein, wenn er seine Gedanken nicht beisammen halten könnte.

Fünf Uhr. Wie ein Schatten schlich Cecilia die Treppe herunter. Sie liebte die einsamen Morgende, wenn ihr Mann und ihr zwölfjähriger Sohn noch in ihren Betten lagen und schliefen. Das Haus war riesig. Und seitdem die beiden Großen, Helena und Audrey, ausgezogen waren, war es sogar viel zu groß. Doch Cecilia hatte so viel Arbeit und Liebe in dieses Haus gesteckt, dass sie sich nicht davon trennen wollte. Genauso wenig wie von ihrem Mann. Der war zwar mit seiner Arbeit mehr verheiratet als mit ihr, aber sie hatten so viele gute Jahre miteinander verbracht, dass sie weiterhin um diese Ehe kämpfen würde. Midlife-Crisis hin oder her. Sie selbst hatte alles gut überstanden. Konnte nachts wieder schlafen, hatte keine Hitzewallungen mehr und hatte auch endlich wieder Lust auf Sex. Aber jetzt war ihr Mann dran. Das Testosteron war ihm gänzlich ausgegangen. Sein Dasein bestand nur noch aus arbeiten, essen und schlafen. Cecilia verscheuchte ihre schlechten Gedanken und nahm sich die Latte Macchiato aus ihrer italienischen, multifunktionalen Espressomaschine. Ihr Blick streifte den Garten. Klein war er, zirka 30 Quadratmeter, rechts und links von einer mannshohen Mauer eingeschlossen, zu derer Linken sich wieder ein Garten befand, zu derer Rechten aber zwei Hochhäuser in die Luft stachen. Gott sei Dank bedeckte das Efeu, das Cecilia vor Jahren gesetzt hatte, endlich die gesamte Seite des Hochhauses. Der vordere Teil des Gartens, in den sie später einen kleinen Teich mit einem Minispringbrunnen und einem Brückchen angelegt hatte, grenzte direkt an die graue Hauswand ihres Nachbarn Theo. Netter Mann, aber aus dem Küchenfenster zu schauen und auf sein Haus zu blicken, war nicht das, was Cecilia als heimelig empfand. Und so war das das Erste, was sie getan hatte, als sie vor fünfzehn Jahren hier eingezogen waren: Den Ausblick auf dieses schreckliche Ungetüm zu entfernen. Entschlossen hatte sie drei Wochen lang eine Stehleiter zu ihrem Hauptaufenthaltsort gemacht, um die Wand mit einem wunderschönen Salamander aus Millionen von Mosaiksteinchen zu kaschieren. Einzelne Steinchen waren aus Spiegelglas, und wenn jetzt die Sonne darauf schien – wenn sie denn einmal den Weg durch die grauen Brüsseler Wolken schaffte - reflektierten sie die goldenen Strahlen und ließen Cecilias Garten aufleuchten und zum Leben erwecken. Als Italienerin brauchte Cecilia vor allem Sonne – deswegen auch der Salamander: er symbolisierte für sie den warmen sonnigen Süden – aber auch Farben und Ästhetik waren ihr wichtig. Sie war schließlich Künstlerin.

Mit Anlauf sprang Piwi in Julies Bett. Ein feuchter

Kuss und Julie war wach. Gassi gehen war angesagt. Sie schnappte sich ihren Jogginganzug und machte sich auf den Weg, gefolgt von Piwi, der, da er nicht mehr der Jüngste war, auch nicht mehr so gut anhalten konnte. Früher hatte Julie sich einfach umgedreht und weitergeschlafen, heute war das nicht mehr möglich. Sonst müsste sie hinterher die ganze Wohnung putzen. Also blieb ihr nichts anderes übrig, als aufzustehen. Herbstwetter. Der Himmel grau, die Straße feucht. Laub lag im Rinnstein. Es wurde Zeit, dass Henri mit seinem Glouton (ein Riesenstaubsauger für die Straße) mal wieder vorbeikam. Schade nur, dass er bloß im Rinnstein saugte und nicht den Bürgersteig. Ja, er hatte ja recht: es war nicht seine Aufgabe, die Bürgersteige gehörten zu den Häusern. Aber was war mit den Maisons de Rapport, den Mietshäusern? Welcher Mieter war da verantwortlich? Normalerweise derjenige, der im Erdgeschoss wohnte. Aber anscheinend war Julie die Einzige, die davon wusste und sie wohnte ja Gott sei Dank im vierten Stock.

Die Müllabfuhr war schon da gewesen. So früh konnte es also gar nicht mehr sein. Ein Blick auf die Uhr. 8.00 Uhr morgens. Gefühlte Zeit 6.00 Uhr. Und sie war nicht einmal selbst schuld. Sie hatte ja schließlich gearbeitet.

Die Müllsäcke waren zwar weg, aber verteilt lagen

auf den Bürgersteigen und in den Straßen Orangenschalen, Joghurtbecher und anderer Restmüll herum. Diese waren aus den Löchern der Säcke gefallen, die die hungrigen Tiere nachts bearbeitet und aufgerissen hatten. Außerdem hatten die Müllmänner heute anscheinend wieder so voller Überschwang gearbeitet, dass ein Teil des Altpapiers an dem Müllauto vorbeigeflogen war anstatt hinein. Und das Nieselwetter machte alles noch viel schlimmer: Papier und Karton zogen sich voll Wasser und wurden matschig. Genauso wie der Hundekot, der alle paar Meter auf dem Trottoir verteilt lag; der wurde bei dem Wetter besonders unansehnlich. Viele Hundebesitzer hatten einfach keine Lust, sich die Mühe zu machen, bis zu den Hundetoiletten zu laufen oder alternativ eine Plastiktüte zum Aufsammeln mitzunehmen. Anscheinend lag den Belgiern nichts daran, ihre Stadt sauber zu halten – denn die meisten Hundebesitzer waren Belgier, so wie Julie.
Piwi, der seinen Weg bis zur Hundetoilette kannte, war schon wieder auf dem Rückweg. „Gentil chien." Julie und Hund schlurften zurück in die Wohnung. Sie gab dem Hund sein Frolic, rauchte eine Zigarette am offenen Fenster mit Blick auf die Hinterhofhäuser und kuschelte sich dann noch mal ins Bett. Aufgrund der Spätschicht von gestern fing sie heute erst um 10.00 Uhr an, stand

dafür aber all die anderen Tage um 7.00 bereit, um die ersten Kaffee- und Bierbestellungen entgegenzunehmen. Auch Piwi war glücklich über die Dienstplanänderung. Er kuschelte sich in die Arme seines Frauchens und schlief ebenfalls wieder ein.

Sabine war kurz vor dem Nervenzusammenbruch. Wo war die verdammte Zahnbürste? Sie suchte im Bad, sie suchte im Arbeitszimmer. Nichts. Die Treppen runter und eine Runde durch die Küche. Auch da war nichts. Die Kinder unterdessen saßen im Wohnzimmer und stritten um die Badewannenente, obwohl es eigentlich zwei davon gab. Nur wo war die zweite? In Gedanken durchstreifte Sabine das Kinderzimmer, das so genannte Froschzimmer, weil zwei große gemalte Frösche in Balletträckchen die Kinderzimmerwand schmückten. Genau, die Ente lag in Elias' Bett. Warum war er nur mit der Badewannenente ins Bett gegangen? Und nicht nur das. Sabine ging ein Licht auf. Auch die Zahnbürsten mussten irgendwo im Froschzimmer sein. Denn Daniel hatte den Kindern gestern Abend die Zähne geputzt, und für ihn gab es kein Gesetz, das besagte, man solle die Zähne im Bad putzen. Vor Sabines innerem Auge lief ein Film ab: Sie sah, wie die Kinder im Bett gelegen hatten, als ihr Mann singenderweise den Süßen über die Zähne geschrubbt hatte. Da es für Daniel auch kein Gesetz gab, alles wieder an seinen Platz zurück zu bringen, musste Sabine noch einmal in den zweiten Stock. Die Zahnbürsten lagen wahrscheinlich im Bücherregal.

Das Haus war zwar nur zwei Fenster breit, dafür aber umso höher. Das Leben über drei Etagen plus Keller und Dachboden hielt wohl schlank, war aber ziemlich nervenaufreibend. Wenn Sabine das nächste Mal nach Deutschland kommen würde, wäre ihr erster Gang in einen der vielen Drogeriemärkte (davon gab es hier in Belgien wirklich wenige, ganz zu schweigen von den großen Preisunterschieden), um sich mit ein paar Zahnbürsten für jede Etage einzudecken.

Sabine spurtete die Treppe siegreich mit den zwei Zahnbürsten in der Hand wieder hinunter. Was war noch zu tun? Zähne putzen, Haare bürsten, das Spray nicht vergessen. In der Schule war mal wieder Läusealarm. „Das ist ganz normal“, hatte der Apotheker gesagt, aber Sabine war eisern geblieben, trotz der angeblichen Normalität hatte sie das präventive Lavendelöl-Spray gekauft und sprühte nun täglich vor dem Verlassen des Hauses ihren Kindern einen Spritzer davon in den Nacken. Noch die Jacken anziehen und los. Gott sei Dank war die Schule nur fünf Kindergehminuten entfernt, und wenn sie mal zu spät kamen, konnte man einfach klingeln. Für Sabine war es schon beruhigend, dass die Schultüren und -tore abgeschlossen waren und dass der Pausenhof im Innenhof des Gebäudes lag. So brauchte sie keine Sorge zu haben, dass die Kinder, die ja mit drei und fünf noch recht klein waren, auf die eine oder andere Art verschwänden.

Jack hatte es tatsächlich geschafft, am Morgen gerade noch früh genug wach zu werden, um sich die Zähne zu putzen und dann loszuspurten. Wie praktisch: Zog man sich abends nicht aus, brauchte man sich morgens auch nicht anzuziehen. Gott sei Dank regnete es, bei dem Wetter sah niemand perfekt aus. (Außer natürlich die Menschen, die in der Designerboutique Annemie Verbeke, über der er wohnte, ein- und ausgingen.) Er würde den Bus nehmen. Die Linie 63 brachte ihn direkt zu seinem Büro, gelegen in einem Bürgerhaus in der Avenue Diamant, nicht weit entfernt vom Europaviertel. Im Europaviertel zu wohnen hätte für Jack den Vorteil gehabt, es nicht weit zur Arbeit zu haben, aber der Journalist bevorzugte die Innenstadt. Denn dort fand er, was er brauchte: Leben! Genau dort, in der Rue Antoine Dansaert, umgeben von Modedesignern, Kneipen, Bars, Cafés und

Restaurants, boten sich ihm alle Möglichkeiten. Für Jack war Brüssel die größte Party seiner bisher 35 Jahre im Zentrum der Welt. Brüssel war nicht belgisch, es war international und hier konnte man innerhalb von ein paar Minuten von einem Land in ein anderes reisen, einfach dadurch, dass man das Lokal wechselte. Hier war alles authentisch – vielleicht sogar noch mehr als in den jeweiligen Ländern selbst: Die Auswanderer und Expatriierten hielten an den Traditionen fest, die in ihrem eigenen Land eventuell schon nicht mehr existierten.

„Morning." Warum sahen die drei Mädels aus der Headline (sie waren die Seele des Büros, sorgten für alles, vom Kaffee Kochen bis zur Recherche nach wichtigem Hintergrundmaterial) ihn so komisch an? Verflixt, er hatte in den Rat der EU gemusst, um den irischen Finanzminister Brian Lenihan zu interviewen. Und Eileen kannte seinen Terminkalender auswendig. „Keine Sorge. Bin gleich wieder weg. Hatte nur mein Aufnahmegerät vergessen." Um den Schein zu waren, musste Jack nun in sein Office in den zweiten Stock, an den Büros der norwegischen und finnischen Radio- und Fernsehsender vorbei, die sich auf der ersten Etage befanden. Auf dem Weg dorthin schnappte er sich die Financial Times, die in seinem Fach lag und die er jeden Tag las, um auf dem Laufenden zu sein. Er warf sie auf die Tastatur seines Computers auf seinen mit Papieren überladenen Schreibtisch und spurtete die Treppen wieder hinunter. Auf in den Rat.

Der einzige Haken an der Sache war jetzt nur, dass sein Rad zu Hause stand. Damit wäre er in drei Minuten am Ratsgebäude gewesen. Jack überlegte. Wo hatte er sein Rad eigentlich gestern Abend abgestellt? Ihm fehlte jegliche Erinnerung, aber zum Rekonstruieren der nächtlichen Situation war jetzt keine Zeit.

Zum Glück gab es Villo, mittlerweile sogar 180 Stationen mit insgesamt 2500 Fahrrädern, die zu mieten waren und mit denen man kreuz und quer durch Brüssel streifen konnte, um das Rad dann hinterher wieder an einer anderen Station abzugeben.

Jack hastete also zur nächsten Villo-Station am Place Plasky, und nahm sich sein Vélo de Ville (Stadtrad) und strampelte los.

Es grenzte zwar schon an einen Selbstmordversuch, in der Rush-Hour den Rond Point Schuman mit dem Fahrrad überqueren zu wollen, aber er hatte keine andere Wahl. Die Zeit saß Jack im Nacken.

Der Minister stand schon auf den „Steps", bereit das Gebäude zu verlassen. Nach mehreren Interviews aufgrund der irischen Finanzkrise kannte

Brian Lenihan Jack inzwischen, und so steuerte er nach Beendigung der Meetings zielstrebig auf den irischen Auslandskorrespondenten zu, der es gerade noch rechtzeitig an die Seite seines Kameramannes geschafft hatte. „Können Sie uns kurz ihre Eindrücke der Sitzung zusammenfassen?" Und so erfuhr Irland aus erster Hand den neuesten Stand der Entwicklungen in Brüssel.

Interview beendet. Aufnahme im Kasten. Jack machte sich auf den Weg zurück ins Büro. Nach ein paar Schritten warf er einen Blick zurück über die Schulter. Das Justus-Lipsius-Gebäude, Sitz des Rates der Europäischen Union, erbaut von 1989 bis 1995 unter der Mitarbeit von zahlreichen Architekten und Ingenieuren aus verschiedenen Mitgliedstaaten der EU. Diese Architekten von heute waren doch wirklich Verbrecher. Dieser moderne braune Glasklotz war wirklich das hässlichste Gebäude von all den europäischen Institutionen. Selbst das renovierte und 2004 neu eröffnete Berlaymont-Gebäude, aufgrund seiner immensen Dimensionen (241.515 Quadratmeter verteilt auf 14 Stockwerke und vier Untergeschosse) auch liebevoll Berlaymonster genannt, in dem der Hauptsitz der Europäischen Kommission untergebracht war, konnte man im Vergleich schön finden. Aber das war es nicht, was Jack beunruhigte. Zu Fuß befand er sich auf dem Rückweg die Rue Froissart hinauf, als ihm plötzlich einfiel, dass er mit dem Villo gekommen war und dieses lieblos an den Mauern des Ratsgebäudes abgestellt hatte. Jack ging also zurück, doch das Rad war nicht mehr da. Vor den Augen der Security des Rates war ihm sein Villo gestohlen worden. Und es fiel ihm wie Schuppen von den Augen. Er erinnerte sich, wo er sein eigenes Fahrrad letzte Nacht abgestellt hatte, und er erinnerte sich auch, heute Morgen an der Stelle vorbeigelaufen zu sein und es nicht gesehen zu haben. Wie sollte er der Polizei nur zwei Fahrraddiebstähle an einem Tag erklären?

Cecilia starrte auf ihr iPad. Sie konnte es nicht glauben, aber dort stand es schwarz auf weiß: Happy Birthday, my Darling. Ben. Richtig. Es war ihr Geburtstag. Und sie war sauer. Sie war nach ihrer morgendlichen Latte Macchiato extra wieder ins Bett gegangen – ganz gegen ihre Gewohnheiten – und hatte, als Ben erwachte, so getan, als ob sie noch schliefe. Genau wie in der Nacht, als er endlich um halb zwei auf seine Hälfte des Bettes gekrochen war, ohne sie zu berühren. Er hatte nicht daran gedacht, dass es ihr Geburtstag war. Sonst war er am Vortag ihres Festtages immer zum nächtlichen Glas Champagner zu Hause gewesen – auch wenn er lange arbeiten musste. Und heute?

Nicht nur, dass er spät heimgekommen war, jetzt hatte er sich auch noch in aller Herrgottsfrühe aus dem Staub gemacht. Keine Rose, kein Kuss, kein Glückwunsch. Ok, er hatte es vergessen. Aber Facebookgrüße! Das war zuviel. Sie schnürte den Bademantel zu und machte sich auf den Weg an den Kühlschrank. Dann würde sie die Flasche Pommery eben alleine leeren. „Auf dich, Cecilia", prostete sie sich zu. „Auf die nächsten 48." Und dann brach sie in Tränen aus. Er hatte eine andere. Sicher. Oder war er einfach nur nachlässig geworden? Vielleicht würde ein zweites Gläschen ihr die Monstergedanken aus dem Kopf vertreiben.
Sie schnappte sich die Flasche – Kühler nicht zu vergessen – und ihr Glas und steuerte in die erste Etage. Ein Bad sollte sie wieder aufmuntern.

Ein Aufschrei weckte sie auf. Neben der Wanne mit nunmehr lauwarmem Wasser stand ihre Putzfrau, die leere Flasche Pommery in der Hand. „Ich dachte, Sie wären tot." - „Das dachte ich auch", mehr brachte Cecilia nicht heraus. Sie hüllte sich in ein Handtuch und wankte aus dem Bad. „Alles ist gut. Sie können das Schlafzimmer aufsparen für das nächste Mal." Und Cecilia fiel ins Bett, um ihren morgendlichen Geburtstagsrausch auszuschlafen. Heute Nachmittag würden die Kinder kommen. Bis dahin sollte sie wieder hergestellt

sein. Sie kramte in der Nachttischschublade. Sollte sie lieber zwei oder drei Aspirin nehmen? Sie entschied sie für vier. Vier war eine gute Zahl und außerdem wollte sie auf Nummer sicher gehen.
So wurde sie am späten Nachmittag zum zweiten Mal geweckt. „Mama, Mama. Wieso wirst du nicht wach?" - „Ich bin ja wach. Ich kann nur die Augen noch nicht öffnen." Wo war ihre Sonnenbrille? Wie spät war es? Sie nahm ihren Jüngsten, der gerade aus der Schule gekommen war, in die Arme. „Sei so gut, nimm dir ein Brot und brat dir ein Ei. Weck mich später, damit wir gemeinsam feiern können. Momentan bin ich noch ein bisschen krank."
Dan hatte sich an die Worte der Mutter gehalten und sie zwei Stunden später geweckt. Cecilia bewegte ihren Kopf. Einmal nach rechts. Einmal nach links. Wunderbar. Alles funktionierte noch einwandfrei. Sie wusste sogar noch, wer sie war und dass sie heute Geburtstag hatte. Es lohnte sich eben doch, das teure Zeug zu trinken. Der Kopf dankte es einem. Sie zog sich an und ging ins Wohnzimmer. Dort saß die ganze Familie – außer Ben – und wartete darauf, ihr das Geburtstagsständchen singen zu können. Herrlich. Sie liebte ihre Kinder.
19.30 Uhr. Die Kinder hatten Cecilia in die Oper eingeladen. Die Vorstellung fing in einer halben

Stunde an. Das neoklassizistische Gebäude aus dem 19. Jahrhundert des Théâtre Royal de la Monnaie lag mitten im Zentrum, keine fünf Minuten vom Grand Place entfernt. Vorher hatten sie einen Aperitif im Mort Subite genommen, eine Brasserie in einem Jahrhundertwendegebäude mit hohen Decken und einer edlen, antiken Einrichtung. Es war benannt nach einem Würfelspiel, dessen glückloser Verlierer „le Mort“ - der Tote genannt wurde. Anfang des 20. Jahrhunderts hieß das Mort Subite noch La Cour Royale und lag in der Nähe der Nationalbank. Da es dort nur wenige Schalter gab, spielten die Wartenden im La Cour Royale so lange, bis sie an der Reihe waren. War es dann so weit, musste die letzte Runde immer ein rascher, kurzer Schlag sein, und der Verlierer endete als „Mort subite“. Da der Ausdruck Gemeingut der Stammgäste wurde, änderte der Besitzer den Namen des Cour Royale in À la Mort Subite und gab auch seinem Bier diesen Namen. Dieses hatte aber bis heute noch niemandem nachweislich den plötzlichen Tod gebracht.
Das Einzige, was Cecilia fehlte, war ihr Mann. Helena hatte gesagt, sie hätte mit Papa telefoniert, er müsse mal wieder lange arbeiten. Deswegen hatten sie Papas Karte ihrem Freund Marc gegeben.
Erste Reihe, dritter Rang. Sie setzten sich in die roten Samtsessel und genossen das luxuriöse

Ambiente: Alles strahlte in goldenen und roten Farben. Licht aus. Vorhang auf. Auf der Bühne feierte man Weihnachten im Quartier Latin: „La Bohème“ von Giacomo Puccini.

Wie gebannt folgte Cecilia der Oper. Die Laufschrift über der Theaterbühne brauchte sie nicht. Ihre Gedanken wanderten zu Ben. Sie wünschte sich nichts sehnlicher, als auch so geliebt zu werden wie Mimi. Warum konnte die Liebe denn niemals einfach sein? “Oh Dio! Mimi!“ Rodolfo brach über der toten Mimi zusammen. Der Vorhang fiel. Tosender Applaus. Die Inszenierung von Andreas Homoki war wirklich fantastisch – so nah am Heute, selbst wenn heute keiner mehr so leicht an Schwindsucht starb.

Da das Aspirin früh genug gewirkt hatte, fühlte Cecilia sich wieder wie ein voll funktionstüchtiger Mensch. Bereit für die nächste Runde. „Und jetzt gehen wir ins Cirio und trinken einen Absacker.“

Das Cirio (übrigens ein italienisches Konservengeschäft zu seiner Geburtsstunde – als Konserven noch etwas Nobles waren) war neben dem Falstaff, das genau gegenüberlag (nur die Börse versperrte den direkten Blick auf das Haus des Konkurrenten), das bekannteste Jugendstilcafé der Stadt. Beide Häuser waren erbaut worden, nachdem die Brüsseler Senne 1871 zugeschüttet und zum Boulevard Anspach geworden war. Der Fluss fehlte zwar, aber da die Häuser des Boulevard Anspach im Pariser Stil erbaut waren, war es kein Wunder, dass es zu dem Bild von „Brüssel als kleiner Schwester von Paris“ gekommen war.

Beide Lokale galten seinerzeit als Treffpunkte der belgischen Künstler der Jahrhundertwende und versprühten noch immer einen nostalgischen Charme. Dass Cecilia sich jetzt für das Cirio entschieden hatte, hatte keinen besonderen Grund. Beim nächsten Mal würden sie ins Falstaff gehen.

Cecilia wühlte in ihrer Handtasche nach ihrem Handy. Sie wollte Ben noch eine letzte Chance geben. Vielleicht würde er ja im Cirio mit ihr anstoßen. Doch das Telefon war nicht da. Sie durchsuchte all ihre Taschen – Hose, Jacke, Seitenfächer der Handtasche. Nichts. „Oh mein Gott.“ Es war nicht nur ihr Handy, was da verschwunden war. Es war ihr iPhone mit Fotos von all den Skulpturen und Bildern, die sie im Laufe der Zeit gemacht hatte. Es war ihr Telefon- und Adressbuch, es war ihre Musiksammlung, es war darauf alles, was Cecilia wichtig war. Die Kinder versuchten, sie zu beruhigen, und Audrey versuchte, zu Hause anzurufen. „Vielleicht hast du es nur vergessen.“ Aber Cecilia hatte es im Restaurant noch in der Hand gehabt. Da war sie sich sicher.

Audrey nahm ihre Mutter in den Arm. „Komm, wir müssen zur Polizei.“

„Das schaff ich jetzt nicht allein. Bitte ruf Ben an, er soll herkommen."
Doch Ben war weder im Büro, noch antwortete er auf seinem Mobiltelefon. Es war zum Verzweifeln. So blieb ihnen nichts anderes übrig, als sich ohne Ben auf den Weg zur Polizei zu machen.
Die Polizisten waren sehr freundlich, da konnte man sich wirklich nicht beschweren, aber auch sie machten Cecilia keine Hoffnung, dass das für sie so kostbare Stück jemals wieder auftauchen würde.
Es war nach Mitternacht, als sie endlich mit Dan, ihrem Jüngsten, zu Hause ankam. Die beiden Töchter hatten sich verabschiedet und auf den Weg in ihr eigenes Bett gemacht.
Ben saß vor dem Fernseher und schlief. Sie schaffte es gerade noch, Dan ins Bett zu schicken und Ben nicht sofort anzuschreien. Dann atmete sie drei Mal tief durch und wollte gerade loslegen, als sie wieder in Tränen ausbrach. Ben wurde wach. Er sei mit Kollegen in einer Kneipe gewesen und habe sein Handy nicht gehört. Ansonsten sei er der Meinung, dass Cecilia ihre Sachen besser beisammen halten und endlich aufhören solle zu flennen. „Ich geh ins Bett. Hab morgen einen schweren Tag vor mir."
Und das war's. Cecilia war so perplex, dass sie die nächste Stunde unbeweglich in ihrem Sessel sitzen

blieb, auf den erloschenen Kamin starrte, um so irgendwann in den Morgenstunden endlich in den erlösenden Schlaf zu fallen.

Es war so weit. Julie musste wieder antreten. Sie hatte ihr kinnlanges, krauses braunes Haar mit dem Haarglätter gebändigt, Make-up aufgelegt und einen Jeansanzug angezogen. Piwi an der Leine, betrat sie ihren Arbeitsplatz. Leo fungierte mal wieder als Piwis Tagesmutter und würde ihren Schatz in einer halben Stunde abholen.

Le Chaplin war eine alteingesessene belgische Kneipe an der Ecke Rue Noyer und Rue Bordiau. Jeder, der zur Tür herein kam, wurde von einem gerahmten traurig drein blickenden Charlie Chaplin an der gegenüberliegenden Wand willkommen geheißen. Die Spiegelwand zur Linken war so blind, dass man in jedem Zustand darin schön war. Am nikotinvergilbten Thekenhimmel schimmerte die Leuchtreklame: das Leffe in blassgelb, das Stella Artois in rosa. Beide Schriftzüge waren umgeben von Bildern der alten Komikerfilme von Charlie Chaplin und Dick und Doof. Die Tische und Stühle waren schon ein wenig wackelig, aber das machte ja gerade den Reiz des Lokals aus. Die Bingospielautomaten und Flipper, die in keiner belgischen Kneipe fehlen durften, waren in die hinterste Ecke verbannt. Man nahm die manischen Spieler kaum wahr. Der Wirt hatte das Café, das damals noch eine Brasserie war, vor sieben Jahren übernommen. Als Harley-Davidson-Fahrer hatte er einige Harley-Souvenirs im Lokal verteilt. Im Laufe der Zeit hatten sich diese Souvenirs angehäuft und man hätte meinen können, Charlie könnte dabei untergehen, aber le Patron ließ beide nebeneinander verweilen, und sie vertrugen sich gut. Es gab sogar eine Chaplinfigur, die auf einer Harley saß.

Bis vor einem halben Jahr hatten sie mittags noch Stammessen serviert, aber das mussten sie im Zuge der Antirauchaktion aufgeben. Der Wirt hatte sich entscheiden müssen zwischen einem Restaurant mit Rauchverbot und einem Raucherlokal mit Getränkeservice. Er hatte sich für die zweite Variante entschieden. Gegen Julies Voraussagen lief das Lokal noch immer, aber sie vermisste trotzdem die Zeit, in der sie noch das Mise-en-Place vorbereiten und das Essen servieren konnte. Damals war der Tag noch gut herumgegangen. Ruck Zuck war es 16.00 Uhr und Feierabend. Heute langweilte sie sich. Aber was sollte sie machen? Ab und zu blätterte sie in einer Zeitung, ab und zu genoss sie ein Gespräch mit den Gästen, aber im Großen und Ganzen schien die Zeit seit einem halben Jahr still zu stehen.

Und so kam es, dass eines Tages Franco an der Bar stand und sie ins Gespräch kamen. „Meine Frau hat gerade ein neues Restaurant eröffnet."
„Aha?"
„Und es fehlt ihr noch jemand für die Mittagsschicht."
„Aha." Aber Julie war auf einmal hellwach.
„Im Service."
„Und wo ist das Restaurant?"
„In Tervuren."
„Meinst du ... ich will mich jetzt nicht aufdrängen ... aber seitdem es hier kein Essen mehr gibt, vergehe ich vor Langeweile."
„Aber alle sprechen Flämisch."
„Mensch Franco. Ich bin in der Region Limburg geboren. Flämisch ist meine Muttersprache."
Was Franco da gerade erzählt hatte, war so etwas wie ein Lichtblick. Im September würde sie 60 Jahre alt werden und dann müsste sie noch zwei weitere Jahre arbeiten, bis sie in Rente gehen konnte. Danach wollte sie zwar noch mal hier und da als Aushilfe auf der Bildfläche erscheinen, aber nichtsdestotrotz hatte sie das Gefühl, keine weiteren zwei Jahre im Chaplin mehr aushalten zu können. Wenn Franco und seine Frau sie wollten, würde sie wechseln.
Die Tür ging auf und ihre Freundin Véronique kam herein. Völlig verkatert. „Mach mir einen

Kaffee und ein Wasser. Mir ist soo schlecht."
„Spät geworden gestern Abend?"
„Kann mich nicht mehr erinnern. Aber nett war er."
„Der Abend?"
„Ja. Und der Mann auch. Habe seinen Namen vergessen."
Franco grinste und zog die Achseln hoch. „Kann passieren. Ich melde mich, Julie." Er ließ zwei Euro für seinen Kaffee auf der Theke liegen und ging.
„Véronique. Heute Abend gehen wir Pizza essen."
„Ich kann nicht, ich bin krank."
„Dann versuch ich auch seinen Namen rauszufinden." War das Erpressung? Nein. Julie wollte nur die neuesten Neuigkeiten loswerden und wie Julie wusste, liebt Véronique Pizza. „Hol mich um halb sieben bei mir ab."

Pünktlich stand Véronique um halb sieben in Julies Appartementtür. Jeanshose, Jeansjacke, genau wie Julie es heute Morgen getragen hatte. Aber Julie kannte ihre Freundin. Sie hatte vorgesorgt: Auch sie hatte sich umgezogen. Schwarzer Jeansrock. Weißes Hemd. Schwarze Weste. Schwarze Stiefel. Sie hatte immer viel Wert auf ihre Figur und ihr Äußeres gelegt. Oft gingen die Freundinnen gemeinsam einkaufen. Stets kaufte Véronique das

Gleiche wie ihre Freundin. Doch das war es nicht, was Julie störte. Was sie störte, war, dass sie versuchte, die gleiche Kleidung am gleichen Tag wie Julie anzuziehen. Vielleicht waren sie gut befreundet, aber um Gottes Willen doch keine Zwillinge.
Véronique war überrascht. „Du bist schon umgezogen? Ich wollte nur pünktlich sein. Ich muss mich auch noch umziehen. Kommst du mich dann abholen?"
Julie wusste, was jetzt kommen würde, aber sie sagte einfach nichts, als sie eine viertel Stunde später an Véroniques Haustür klingelte und sie im schwarzen Rock, mit weißer Bluse, schwarzer Weste und schwarzen Stiefeln auf die Straße trat. Schließlich wollte sie heute Abend etwas von ihrer Freundin: Sie brauchte jemanden, dem sie die Idee vom Jobwechsel erzählen konnte. Da musste sie jetzt durch.
Zum Glück war die Pizzeria in der Avenue Milcamps nicht weit entfernt: Zu Fuß mit Regenschirm zehn Minuten. Der Besitzer war Armenier und buk seine Pizza im Steinbackofen. Die Pizzabar war nach seinem Spitznamen benannt: Saco. Das Saco war berühmt für seine Pizzen mit dünnem krossem Teig und exzellenten, ungewöhnlichen, qualitativ hochwertigen Belägen. Auf den meisten Pizzen zerlief ein frischer Mozzarella, mit dem sie nachträglich nach dem Backen belegt

worden war. Und das war der Beweis, dass nicht nur die Italiener gute Pizza backen konnten. Die Pizza-Bar hatte den Ruf der besten Pizzeria im Viertel.

Anscheinend galt hier das Motto: „Alles steht Kopf.“ Wenn man hineinkam, hing über dem Pizzaofen an einer roten Backsteinwand eine große Bahnhofsuhr - auf dem Kopf, die Toilettenschilder an den Türen waren verdreht, selbst die Kühlschränke standen Kopf. Das entsprach genau Julies Zustand. Auch sie fühlte sich, als wenn sich alles drehte. Sollte sie für die letzten zwei Jahre den Job wechseln?

Die beiden Frauen setzten sich in den hinteren Raum, in dessen Mitte ein Tisch für mindestens 18 Personen stand, an einen der beiden kleineren Tische.

Julie bestellte eine Pizza Carnaval – eine Pizza, belegt mit vier verschiedenen Käsesorten, pikanter Salami, Zwiebeln und Peperoni – und insgeheim lächelte sie leise in sich hinein, als Véronique die gleiche bestellte. Auch wenn sie ihr immer alles nachmachte, es war eben doch Freundschaft, was sie verband. Und aus genau diesem Grund konnte Véronique ihrer Freundin bei Pizza und Rotwein offen ihre Meinung sagen: „Wenn du mich fragst, bist du verrückt. Woher willst du wissen, ob der Job in Tervuren besser sein wird.“

„Ich weiß, die Arbeit wird dieselbe sein, nur dass ich endlich auch wieder Arbeit habe und mich nicht den ganzen Tag hinter der Theke langweile."
„Vielleicht wirst du dich nicht langweilen, aber dafür läufst du dir die Hacken wund. Ist das besser?"
„Ja", Julie verschränkte die Arme vor der Brust, bereit, es mit jeder Konfrontation aufzunehmen.
Aber Véronique gab nicht so leicht auf: „Und die Mitarbeiter? Und das Gehalt? Du weißt doch gar nichts."
„Genau. Und das ist der Grund, warum ich es mir ansehen werde."
Und Véronique musste einsehen, dass Julie recht hatte, ansehen konnte sie es sich ja.

Freundschaft. Kein einfaches Thema für einen Expat wie Sabine, die wohl den Rest ihres Lebens in Brüssel bleiben würde. Diesen Sommer hatte sie fünf Freundinnen auf einen Schlag verloren: Gabriela und Paula, ihre beiden spanischen Freundinnen (Gabrielas Mann arbeitete bei einer englischen Firma und sie mussten zurück nach Bristol, Paulas Mann war Journalist und Tele Adalucía brauchte ihn wieder vor Ort), Sabines beste Freundin Pascale, die sogar die Patentante von Sofia war, musste ihrem Mann, der sein Geld bei einem Mineralölkonzern verdiente, nach Singapur folgen

(Gott sei Dank liebte Pascale das Reisen und ihr Sohn Matthieu war mit seinen fünf Jahren auch nicht mehr im Babyalter, somit also durchaus begeisterungsfähig für den bevorstehenden Umzug), Valérie (sie musste zurück nach Frankreich, weil sie nicht in Brüssel gemeldet war und ihre Tochter jetzt in die erste Klasse kam – ihr Freund würde jetzt pendeln, da er in einer Bank arbeitete und nur Zeitverträge bekam) und dann noch Nadine. Die lebte zwar noch in Brüssel, aber da die Kinder in verschiedene Schulen gingen, hatten sie sich aus den Augen verloren. Schade eigentlich. Sie hatten zwar öfter mal versucht, sich zu verabreden, aber wie das nun mal so war mit Kindern: eines war immer krank, so dass die Mütter es über ein Jahr lang nicht geschafft hatten, sich zu sehen. Und wenn man es schon nicht schaffte, die Kontakte vor der eigenen Haustür aufrechtzuerhalten, wie sollte man es dann (selbst im Zeitalter der E-Mails) auf die Entfernung hin bewältigen?
Dieses Kommen und Gehen war an der Tagesordnung in Brüssel. Die, die in der Kommission oder im Parlament arbeiteten, blieben, aber alle anderen, und davon gab es viele, hatten normalerweise einen dreijährigen Arbeitsvertrag und gingen danach wieder, sei es zurück in ihre Heimat, sei es in ein anderes Ausland. Und sollte man aus Angst vor der späteren „Trennung“ keine Freundschaften

eingehen? Wohl kaum. Glücklicherweise war Sabine kontaktfreudig. Und wenn sie ehrlich war, wollte sie auch gern neue Leute kennenlernen. Solche, die nicht nur Eltern waren. Solche, mit denen man sich auch über andere Dinge als Kinder unterhalten konnte. Solche, die einem neue Perspektiven und Esprit gaben.

Eine von diesen Freundinnen war Barbara. Die beiden hatten sich in einem spanischen Theaterkurs im Instituto Cervantes kennengelernt und waren seitdem unzertrennlich – auf jeden Fall fast. Eigentlich war ja Daniel zu diesem Theaterkurs gegangen. Da er sein Spanisch verbessern wollte, das ständige Sitzen aber nicht gut für seinen Rücken war, war dies das ideale Angebot für ihn. Am Ende des Kurses hatten sie ein Theaterstück aufgeführt. Sabine und die Kinder waren ganz überrascht von Daniels schauspielerischen Fähigkeiten. Und dann war Barbara auf der Bildfläche erschienen, das Gesicht weiß geschminkt wie ein Harlekin und scheinbar ganz ohne Willen folgte sie den spanischen Anweisungen der Kursleiterin: todo recto, a la derecha, a la izquierda, arriba, abajo und so weiter. Barbara musste in alle Himmelsrichtungen laufen. Keine schlechte Idee, so Spanisch zu lernen ... Nach der Vorstellung gab es einen Aperitif und Sabine und Barbara lernten sich kennen. Es verband sie wohl ihre Muttersprache und die Liebe zum Spanischen. Sie unterhielten sich, tranken ein Gläschen Sekt und unterhielten sich weiter, und tranken noch ein Gläschen Sekt und noch ein Gläschen. Und letztendlich musste Daniel sowohl seine Kinder als auch seine Frau nach Hause und ins Bett bringen.

Eine schwere Migräne am nächsten Morgen war die Konsequenz, aber Sabine bereute nichts. Sie hatte eine neue Freundin gefunden.

Bier war ein großes Thema in Irland. Bier war auch ein großes Thema in Belgien. Das Cantillon in Anderlecht war die einzige alte Brauerei, die in Brüssel überlebt hatte. Seit ihrer Gründung im Jahre 1900 war hier nichts verändert worden. Das Phänomenale an dem Bier des Cantillon, dem Lambic, waren seine Zutaten: Weizen, Gerste und Hopfen. Alles biologisch. Keine Hefe. Die Zubereitung bestand im Grunde aus dem Kochen und dem Lagern. Und zwar von zwei bis zu 20 Jahren lang in alten Eichenholzfässern. Die Hefe, die zur Bierproduktion benötigt wurde, lag in der Luft des Gebäudes und es kam zur Spontanvergärung. In den Fässern hörte man es blubbern und brodeln. „Das Lambic singt“, sagte der Braumeister. Dieses Lambic war nun die Grundlage für all die anderen Biere. Das Geuze zum Beispiel bestand aus einer

Mischung verschiedener Lambics, die eine zweite Gärung in der Flasche durchmachten.
Jedes Jahr im November gab es im Cantillon den Tag der offenen Tür. An mindestens zehn Stationen konnte man bis zu insgesamt 30 Sorten verschiedenster Biere aus verschiedenen Jahrgängen kosten: vom Lambic über Geuze und Kriek (Kirschbier), Framboise, Rosé und Iris bis zum Faro, einem gezuckertem Geuze, jeweils begleitet mit dazu passenden Häppchen.
Jack fand, dass ein Brot mit geräucherter Forelle sogar ein so saures Bier wie das Lambic schmackhaft machte. Es kam natürlich auch die Atmosphäre hinzu. Die Braumeister kommentierten ihre Biere, und Jack, der an ihren Lippen hing, konnte spüren, wie stolz sie auf ihre Produkte waren. Kinder gab es zwar nur wenige, aber die, die da waren, sah man genüsslich das Lambic-Sorbet schlecken (geschmacklich konnte man es fast mit einem Zitronensorbet vergleichen). Und als Abschluss gab es dann ein Faro mit Zuckerkuchen und Waffeln.
14.30 Uhr. Jack trat aus der Tür. Kalte Novemberluft schlug ihm entgegen. Doch hatte es jetzt die Sonne geschafft, den morgendlichen Nebel zu vertreiben. Es war ein herrlicher Tag geworden. In der Brasserie hatte er von der Wetterveränderung gar nichts mitbekommen. Jacks Stimmung war sehr wetterabhängig, und er freute sich über die

Sonnenstrahlen.
Dort stand er nun vor dem Eingang der Brauerei, die Hände in den Hosentaschen, ein leichtes Drehen im Kopf. War das Leben nicht schön? Er fragte sich nur, warum ihn diese unendliche Traurigkeit immer noch verfolgte. Sein Kopf sagte: „Sieh, es ist schön, alles erstrahlt in hellem Licht." Sein Bauch sagte: „Nicht einmal das kann mich fröhlich stimmen." Und so stapfte er mit einem unguten Gefühl in Richtung Metro. Seine Gedanken rasten. Sollte er sich der aufsteigenden Depression hingeben oder sollte er lieber zu Fuß nach Hause gehen und das Wetter genießen? Nein. Er würde die Metro nehmen. Es war einfacher, an einem freien Tag den Gefühlen ihren Lauf zu lassen, statt sie zu bekämpfen. Er ging also in die nächste Bar, um einen Cognac zu bestellen, bevor er die Metro nahm.
Eileen von der Headline hatte ihm von einem Ernährungsspezialisten erzählt, der davon überzeugt sei, dass 80 Prozent aller Depressionen körperliche Ursachen hätten. Nahrungsergänzungsmittel solle er verschreiben. Alles ganz natürlich. Nur eine Neurotransmitteranalyse müsse er machen. Auch Eileen ging zu dem Arzt, und sie war sehr zufrieden. Und es stimmte: Nie hatte Jack jemanden getroffen, der so ausgeglichen war wie Eileen. Es war einfach festgestellt worden, dass sie zu wenig Serotonin produzierte. Und wenn es ihm genauso

ging? Serotonin war doch das Hormon, welches glücklich machte. Er würde Eileen noch mal zur Seite nehmen. Später. Am Wochenende wollte er nicht stören. „Noch einen Cognac bitte."

Jetzt war Audrey schon 19, lebte zusammen mit ihrem Freund in einem kleinen Studio, aber sie hatte immer noch keinen Führerschein. Dabei konnte man den in Brüssel schon mit 17 Jahren machen. Cecilia war skeptisch, als Audrey angekündigt hatte, sie wolle nach belgischem System ihren Führerschein machen, aber so war es auf jeden Fall billiger: Audrey müsste nur die theoretische Prüfung ablegen und bekäme einen provisorischen Führerschein. Dann müsste sie sich ein großes „L" in die Heckscheibe kleben und konnte den richtigen Führerschein erlangen, indem sie ein Jahr lang immer in Begleitung ihres von ihr selbst erwählten Fahrlehrers fuhr (jemand, der schon mindestens seit sieben Jahren den Führerschein besaß) und sich danach zur praktischen Fahrprüfung anmeldete. Cecilia hatte gehört, dass nach dieser Methode angeblich jeder zweite durchfiel, da ein kleiner Fehler genügte, damit man weiter üben durfte. Und Audrey wünschte sich ausgerechnet, dass ihre Mutter den Part der Fahrlehrerin übernahm. Dazu musste Cecilia auf der

Gemeinde ein Protokoll unterschreiben, das sie als offizielle Fahrlehrerin ausgab. So weit, so gut. Der Haken an der Sache war, dass Cecilia selbst keine besonders gute Fahrerin war. Sie bezeichnete sich als rasant und war bis heute noch nie in einen Unfall verwickelt worden. Aber wollte Cecilia, dass Audrey sich ihren Fahrstil aneignete? Und falls die Tochter dann durch die Prüfung rasselte, würde sie sich als Mutter die Schuld daran geben. Cecilia grauste jetzt schon davor. Aber Ben hatte keine Zeit. Das war klar.

„Mama, bitte. Es machen doch alle so."

Und das stimmte. Also unterschrieb Cecilia. Es würde ja noch eine Weile dauern, bis es so weit wäre. Erst einmal war die theoretische Prüfung abzulegen und danach musste es erst einmal Frühling werden. Im Winter würde sie sich nicht als Beifahrer neben Audrey setzen.

Freitagmorgen. 7.00 Uhr. Julie schloss die Tür zum Chaplin auf. Kalter Zigarettenrauch schlug ihr entgegen. Anscheinend hatten die Letzten das Lokal gerade erst verlassen. „Nein, ich will hier nicht mehr arbeiten", schoss es ihr durch den Kopf. Die Nachtschicht hatte wohl den Beginn der Adventszeit gefeiert. Die Halloween-Deko war gegen Weihnachtslichterketten und Watteschnee

ausgetauscht worden.
Übermorgen war der 6. Dezember, Nikolaustag. Und Julie würde den Weihnachtsbaum aufstellen. Er wartete schon darauf, endlich wieder das Licht zu sehen, stand er doch das ganze Jahr im Schrank versteckt. Plastik. Aber praktisch. Alles andere war zu kompliziert. Zuerst den Baum in den vierten Stock schleppen und dann fing er nach zwei Wochen an zu nadeln. Nein, sie liebte ihre kleine Plastiktanne, sie liebte die Vorweihnachtszeit und sie liebte es, den Baum aufzustellen. Für sich ganz allein und natürlich für Piwi. Ihr war nie aufgefallen, dass sie ihren Baum früh aufstellte, bis zu dem Zeitpunkt, an dem sie sich mit Sabine unterhalten hatte. Sabine wohnte im Viertel und kam auf dem Rückweg, nachdem sie die Kinder zur Schule gebracht hatte, bei ihr im Café vorbei. Sabine war Deutsche und stellte ihren Baum erst am 24. auf. Julie stellte, wie alle Belgier, ihren Baum zu Saint Nicolas auf. Das machte doch auch viel mehr Sinn, dann hatte man länger etwas von der wunderbaren Lichterpracht. Am 6. Januar war es dann vorbei. Die Müllmänner kamen, um die abgenadelten Baumskelette abzuholen. Aber nicht bei Julie. Schon rein aus Protest ließ Julie ihren Baum immer mindestens zwei Tage länger stehen. So ein Plastikbaum hatte eben doch seine Vorzüge. Vielleicht sollte sie ihre Familie zum Adventsessen

einladen. Ein kleines Vier-Gänge-Menü sollte reichen. Sie hatte schon lange nicht mehr richtig gekocht. Dabei war sie eine gute Köchin.

Und so hing Julie ihren Gedanken nach, während sich die ersten zwei Stunden des Morgens wie Kaugummi zogen: Zwei Bier, ein Leffe, ein Portwein, ein Kaffee und ein Genever. Das war alles, was Julie in den letzten zwei Stunden verkauft hatte.

Da kam Sabine zur Tür herein. Ein Lichtblick. Endlich jemand, mit dem sie sich unterhalten konnte. „Bonjour Julie. Wie geht es dir?" Sabine hatte ihr Guten-Morgen-Lächeln aufgesetzt und gesellte sich zu Julie an die Bar. „Was gibt es Neues?"

Und Neuigkeiten hatte Julie ja. Franco hatte angerufen und sie hatte einen Termin mit seiner Frau gehabt, um sich das Restaurant anzusehen, aber dann hatte es doch nicht geklappt, weil sie nur jemanden für die Abendschicht brauchten und das wollte sie auf keinen Fall. Aber sollte sie Sabine davon erzählen? Sie war doch eine Kundin. Doch kaum hatte sie den Mund aufgemacht, sprudelte es nur so aus ihr heraus: „Ich bin es leid. Ich langweile mich. Der Chef geht mir auf die Nerven. Ich will hier raus. Ständig nörgelt er. Andauernd will er, dass ich die Regale putze. Ich hab die Nase voll."

Sabine war überrascht von Julies Wortschwall. Sie sah sie fragend an: „Und? Was willst du dagegen

tun?"
„Kündigen." Und sie erzählte von Franco und seiner Frau und dem Restaurant, und dass alles nicht so gelaufen war, wie sie es sich gewünscht hatte. „Aber ich habe von einer anderen Möglichkeit erfahren. Ich könnte eine ASBL, eine association sans but lucratif, gründen und selbst eine Kneipe aufmachen – ohne Steuern zu zahlen."
„Versteh ich nicht."
„In einer ASBL brauch ich die Einnahmen erst ab 250.000 Euro zu versteuern."
„Aber wenn du eine Kneipe hast, hast du aber doch den Wunsch, Geld zu verdienen. Wem willst du verkaufen, dass deine Kneipe wirklich eine ASBL ist?"
„Ich könnte mich zum Beispiel an die nicht arbeitenden Expat-Mütter mit ihren Kleinkindern richten."
„Und ihnen somit die Möglichkeit geben, mit ihren Kindern ins Café zu gehen. Super. Danach hab ich schon lange gesucht."
„Und an dich hatte ich dabei gedacht." Julie huschte ein Lächeln über das Gesicht. „Hast du nicht während deines Studiums gekellnert?" Sabine sah Julie fragend an.
„Oder hast du Lust, die Kleinen zu unterhalten, während die Mamas ihren Kaffee trinken?"
„Nein danke. Dann lieber kellnern. Aber hast du

schon etwas in Aussicht?"
„Der Chef kommt. Lass uns morgen weiter reden. Aber grundsätzlich: Hast du Lust?"
„Ich würde dich nie hängenlassen."
Noch ein Kuss auf Julies Backe geschmatzt und ab nach Hause. Sabines kreative Ader wollte befriedigt werden. Was hatte sie da gerade gemacht? Sich bereit erklärt, in einem Café zu arbeiten. Nie wieder wollte sie in der Gastronomie arbeiten, hatte sie sich geschworen. Eigentlich war sie doch Kinderbuchautorin (nur dass sie noch kein Buch veröffentlicht hatte), aber sie hatte im Internet einen Aufruf für einen Wettbewerb gefunden. Daran wollte sie teilnehmen. Demzufolge floss jetzt ihre ganze Energie in die Geschichte einer ungewöhnlichen Freundschaft. Sie schrieb intuitiv, wusste heute nicht, was morgen auf dem Papier stehen würde. Sie genoss es, sich selbst zu überraschen. Aber wieso hatte sie Julie zugesagt zu helfen? Schwamm drüber. Noch war es ja nicht so weit. Sie fuhr den Computer hoch und legte los:
„Uaaaahhh!!!", Elias schmeißt sich mit einem Hechtsprung in den Lago Maggiore. Das Wasser ist so klar, dass man die Kieselsteine am Grund erkennen kann. Sofia steht am Rande des Sees und steckt ihre Zehen ins Wasser.
Vor einer halben Stunde sind die Geschwister mit ihren Eltern angekommen. Beide sind begeistert:

Ein rosarotes Sandsteinhaus direkt am Strand wird für die nächsten zwei Wochen ihr Feriendomizil sein. Sofort haben beide ihre Badehosen aus dem Koffer geholt, und Elias ist direkt ins Wasser gesprungen.
Prustend kommt er an Land zurück: „Mann, ist das kalt."
So, angekommen waren die Geschwister. Die Namen sollte sie vielleicht noch ändern. Sie hatte die dumme Angewohnheit, die Kinder in ihren Geschichten immer nach ihren eigenen Kindern zu benennen. Egal. Im Prinzip wusste das ja auch keiner. Jetzt mussten sie nur noch Lizzy, die kleine Eidechse kennenlernen. Wenn das keine ungewöhnliche Freundschaft werden sollte, dann wusste sie es auch nicht. Und sie schrieb und schrieb. Und von draußen schien die Sonne in ihr Arbeitszimmer und sie fühlte sich ganz in den warmen Süden versetzt zu Lizzy und ihren beiden neuen Freunden. Nur die Balkontür durfte sie nicht aufmachen. Die belgische Kälte würde ihre Träume direkt zerstören.

Jack verstand die Welt nicht mehr. Warum hatte er schon wieder dieses miserable Gefühl?
Ein Gefühl, in diesem Leben nicht glücklich werden zu können. Wenn er sein Gehirn einschaltete,

dann sagte es ihm stets, dass es ihm doch an nichts fehle: er hatte seinen Job, den er liebte und Freunde, mit denen er seine Freizeit verbringen konnte. Außerdem lebte er auch gern in Brüssel. Die Stadt bot ihm alles, was er sich wünschte: Von Kulturzentren über Restaurants bis hin zu den ausgefallensten Diskotheken. Aber genau jetzt kam der Knackpunkt. Er hatte keine Lust, all die möglichen Angebote allein zu genießen. Er hatte das Gefühl, dass ihm zum Glücklichsein einfach seine zweite Hälfte fehlte. Wie die nun auszusehen hatte, wusste er selbst nicht. Vielleicht das Gegenteil von ihm: klein, brünett und dunkle braune Augen. Der Spruch von wegen „Gegensätze ziehen sich an“ stimmte für ihn auf jeden Fall. Er war zwar nicht wirklich blond, aber doch dunkelblond, groß und sportlich, mit klaren blauen Augen. Er könnte der Traummann einer jeden Frau sein, würde sie auf Händen tragen oder sie dominieren. Ganz wie sie es wünschte, da war er flexibel. Aber wem sollte er all seine guten Eigenschaften zeigen, wenn sich ihm niemand anbot.

Er zog seine Turnschuhe an. Diesmal würde er den aktiven Weg aus dieser Misere heraus wählen. Das viele Bier und der viele Cognac bei der letzten Depression waren ihm nicht gut bekommen. Er hatte noch einen zweiten Depri-Tag anhängen müssen. Diesmal würde er ins Fitnesstudio gehen und dagegen ankämpfen. Schließlich zahlte er monatlich 220 Euro für das Aspria, eines der teuersten Studios in Brüssel. Im Grunde genommen wäre er nie dazu bereit gewesen, eine solche Summe für ein bisschen Sport hinzulegen, aber in Brüssel war eben so einiges anders. Da hier alles teurer war als in den meisten anderen EU-Ländern, konnte sich ein Studio wie das Aspria erlauben, diesen Preis zu verlangen. So trennte man den Weizen von der Spreu. Außerdem, und das war es, was Jack letztendlich überzeugt hatte, war das Angebot wirklich phänomenal: Vom Schwimmbad über Sauna, Hamam, Wellness, Aquagym, Pilates, Yoga, Zumba etc. bis hin zur ganz normalen Aerobic und den Maschinen mit den immer wieder ach so schweren Gewichten. Er schwang sich auf sein neues Rad und wollte gerade in die Avenue Louise fahren (es gab auch ein Aspria-Studio in der Rue de l'Industrie, aber dort schwitzten ihm zu viele Europabeamte – davon sah er während der Arbeitszeit schon genug), da klingelte sein Handy. Headline. Die hatten ihm gerade noch gefehlt. Wahrscheinlich war wieder irgendetwas passiert und sie brauchten Jack vor Ort. „Hi Eileen. What's up?" - „You've got to come immediately. Du musst nach Löwen. Ein Kind wird vermisst."

Jack stellten sich Nackenhaare zu Berge. Dies waren die Momente, in denen er seinen Beruf am liebsten an den Nagel hängen würde. Warum musste so etwas passieren? Warum musste ausgerechnet er darüber berichten? Aber die Frage konnte er sich selbst beantworten: Weil er der einzige irische Korrespondent in der Umgebung war. Er stieg also die Treppen zu seinem Appartement wieder hinauf, warf seine Sporttasche in die Ecke und machte sich auf den Weg. Zuerst ins Büro, dann nach Löwen.

Die Bel Étage eines Hauses in Belgien war das höher gelegte „Erdgeschoss" (übrigens ein Belgizismus, in Frankreich ist es der erste Stock), so dass man beim Betreten des Hauses fünf bis sieben Stufen steigen musste, um in den Wohnbereich zu gelangen (praktisch, damit nicht jeder, der vorbeiläuft, von außen ins Wohnzimmerfenster hineinsehen konnte). So also sahen die typischen Bürgerhäuser Ende des 19. Jahrhunderts aus. Es stellte sich nur die Frage, ob die Menschen damals noch keine Kinderwagen besaßen oder ob die Kinder einfach zu Hause blieben. Wer hatte sich nur diese Bel Étage ausgedacht, in die man die Kinderwagen die Treppe hinauf hieven musste, um danach noch nicht einmal einen Abstellplatz dafür zu haben. Cecilia war froh, dieses Kapitel abgeschlossen zu haben, dennoch erinnerte sie sich des Öfteren der

Zeiten, in denen sie Dan noch spazieren geschoben hatte, um danach den Kinderwagen unter Anwendung aller Kraft ins Haus zerren zu müssen. Am schlimmsten war es, als dann der Kinderwagen eines Tages in der Mitte durchgebrochen war. Gott sei Dank lagen nur noch die Einkäufe darin. Dan war damals schon drei gewesen und sie hatte ihn vorher ins Haus getragen. Aber für sie war klar, wer an diesem Desaster Schuld war: die Treppen. Aber hier waren Treppen normal. Nur so konnte man viele Leute auf engstem Platz unterbringen. Und genau das praktizierten die Belgier auch heute noch. Jeder Winkel wurde genutzt. Vor Jahren, Dan war auch da noch im Kinderwagenalter, war sie zufällig über ein Bastelgeschäft in der Nähe der Kommission gestolpert. Sie war mit Ben verabredet und der war wie immer spät dran – also war sie spazieren gegangen. Top Art hatte das Geschäft geheißen und schon von außen konnte man durch das Kellerfenster erkennen, dass Top Art vollgestopft war mit Bastelutensilien, die Cecilia eine helle Freude bereitet hätten. Selbst der Eingang, also die Treppe zur Bel Etage hin, war voll gestellt mit Regalen. Also hatte Cecilia sich schweren Herzens eine Notiz im Kopf gemacht und war weitergezogen. Mit dem Kinderwagen hatte sie nicht hineingehen können. Das Gleiche war ihr am Place de la Chasse passiert. Eigentlich gar nicht ihr Viertel, aber die ersten drei Jahre nach Dans Geburt hatte sie damit verbracht (natürlich während die beiden Großen in der Schule waren), Brüssel zu durchstreifen und alles Neue zu entdecken. Olliwood hatte der Spielzeugladen geheißen, den sie leider auch nicht betreten konnte, weil er einfach voll und zugestopft war. Selbst kinderwagenfeindliche Restaurants hatte sie gefunden. Die Treppe, die ins Caveau de Max an der Avenue Emile Max führte, war so eng gewesen, dass sie keinen Durchgang für einen Kinderwagen bot. Was absolut nichts mit der Qualität der Speisen zu tun hatte. Denn, als sie dann gezwungenermaßen einen Babysitter engagiert hatten, um Zugang zu Maxens Keller zu bekommen, mussten sie feststellen, dass es an der Zeit war, langsam an die Fortbewegung ohne Kinderwagen zu denken, da sie sonst die Hälfte der guten Restaurants hier in Brüssel nicht betreten konnten. Das Antipastibüffet, das Le Caveau de Max mittags anbot, war absolute Extraklasse und mit 9,90 Euro auch ein für Brüsseler Verhältnisse annehmbarer Preis.

Aber das Beste, was Cecilia gesehen hatte, das man aus einem Brüsseler Stadthaus machen konnte, war ein Hamam.

Das türkische Bad Douniazad befand sich ganz authentisch im türkischen Viertel, auch Klein-Istanbul genannt, an der Chaussée de Haecht. Nie wäre

Cecilia auf die Idee gekommen, sich dort auch nur umzuschauen, aber ihre deutsche Freundin Gaby hatte eingeladen zu ihrem Vierzigsten. Komische Ideen hatten diese Deutschen manchmal, ihren Geburtstag in einer Sauna zu feiern. Aber warum eigentlich nicht.
Cecilia klingelte an der Tür und es geschah nichts. War es das falsche Haus? Nein. Es gab zwar kein großes Schild, welches die Passanten auf ein Hamam hinwies, aber auf dem Klingelknopf stand ein dezentes Douniazad. Ungeduldig klingelte sie noch einmal. Ihr war kalt. Endlich öffnete ihr eine sympathisch wirkende schlanke Frau mit dunklen langen Haaren in Jogginghosen und Top (natürlich, im Haus war es schließlich warm). Sie begrüßte Cecilia freundlich und bestätigte, dass sie richtig war. Ein paar der Eingeladenen waren schon da. Dass sie zwei Mal hatte klingeln müssen, war wohl ein Hinweis für Cecilia, sich Ruhe und Zeit zu nehmen, wenn sie ein Hamam besuchte.
Sie betrat einen Raum mit wunderschönen Fliesen an den Wänden, zauberhaften Paravents und Spiegeln. Es schien, als sei sie gerade in einem anderen Land angekommen. Aber den Kacheln nach zu urteilen war es eher Marokko als die Türkei. Der Stil entsprach dem maurischer Kacheln, die Cecilia auch schon in Granada und Sevilla bestaunt hatte. Die letzten regulären Saunagäste verließen das

Haus. Gaby hatte die Möglichkeit genutzt, das Hamam mit zehn geladenen Geburtstagsgästen für sich allein zu reservieren.
Die algerische Familie (sie legten großen Wert darauf, nicht mit den Marokkanern verwechselt zu werden) hatte das Haus in Eigendirektion renoviert und eine für sie heimatliche Umgebung hergestellt. Die Frau in Jogginghosen war die Besitzerin. (Hier war der Beweis, dass in Klein-Istanbul nicht nur Türken lebten. Wahrscheinlich lebten in Klein-Marokko in Molenbeek auch nicht nur Marokkaner). Sie erklärte, dass das Hamam in ihrer Kultur den Frauen dazu diente, sich zu treffen, ein Schwätzchen zu halten und sich nebenbei durch Massagen verwöhnen zu lassen.
Die Idee gefiel Cecilia. So saßen die zehn Frauen in dem rundherum maurisch gekachelten Dampfbad und schwitzten. Danach wurden sie eine nach der anderen herausgerufen, um hinterher eine Gommage (das Abschrubben der toten Haut mit einem speziellen Handschuh) zu erhalten.
„Ça va?“
„Oui.“ Was hätte Cecilia auch sonst sagen sollen. Dass diese kleine, aber starke Algerierin sie gerade ganz schön quälte, dass sie ein bisschen zu fest an ihr herumschrubbte? Nachdem schon fünf Frauen vor ihr von der gleichen Erfahrung berichtet und bis zum Schluss durchgehalten hatten, würde auch

Cecilia die Prozedur über sich ergehen lassen, damit die Haut hinterher weich wie ein Babypopo war.
„Regardez. Ça c'est votre peau." Und die Masseurin hielt ihr eine graugrüne Masse entgegen, von der Cecilia sich weigerte zu glauben, dass dies einmal ihre Haut gewesen sei.
Danach gingen sie zum angenehmen Teil über: Rückenmassage, Pediküre und Gesichts-Lifting. Einen Chai dazu und die Tortur war vergessen.
Als krönenden Abschluss gab es ein Couscous. Aber leider war gerade Ramadan und folglich wurde den überraschten Europäerinnen Wasser, Cola und Limo dazu geboten.
„Und ich hatte mich so auf mein Glas Rotwein gefreut", dachte Cecilia nur und prostete Gaby zu: „Auf dich! Und danke für die Einladung."
Bevor sie heimfuhr, würde sie noch einen Abstecher zum Place Châtelain machen. Zu einem gelungenen Abend gehörte für sie ein Glas Rotwein.

WINTER

Jahreszeit ohne Licht. Voller Depressionen.
Oder: Jahreszeit ohne Licht. Im Kerzenschein. Straßen unter Lichterketten. Glitzerlichter überall. Und manchmal auch ein wenig Schnee.

Julie ging die Sache mit dem eigenen Café nicht aus dem Kopf. Es war Samstag und sie hätte eigentlich noch mal ins Bett gehen können – Piwi hatte es sich nach der Verrichtung seiner morgendlichen Bedürfnisse sofort wieder auf ihrer Bettdecke bequem gemacht, aber Julie war rastlos. Sie setzte den Wasserkessel auf. Mit einer Zigarette in der Hand starrte sie aus dem Küchenfenster. Am liebsten hätte sie sich auf den Weg gemacht, um nach Lokalen, die zu vermieten waren, Ausschau zu halten, aber sie musste heute noch zu ihrer Mutter fahren, deren Wohnung putzen und die Einkäufe für sie erledigen. Sie liebte diese Aufgabe zwar nicht, aber ihre Mutter war jetzt über achtzig und lebte allein in einem Städtchen in der Provinz Limburg, eine gute halbe Stunde Autofahrt von Brüssel entfernt. Und zur Entschädigung buk ihre Mutter immer einen Kuchen. Das konnte sie immer noch gut. Und Julie liebte ihr

Selbstgebackenes.
Die Kaffeetasse geleert, den Sahnebart abgewischt und neuen Lippenstift aufgelegt, hauchte Julie ihrer Mutter noch ein Küsschen auf die Wange und machte sich davon.
Mit Piwi auf dem Beifahrersitz sauste Julie durch die schmalen Straßen des kleinen Dorfes Richtung Autobahn. Der Himmel war dunkelgrau und es fing leicht an zu schneien. Damit hatte sie nicht gerechnet. Der Schnee auf den Straßen sah nach Puderzucker aus. Wie jedermann in Belgien fuhr Julie noch mit den Sommerreifen. Sie musste zusehen, dass sie nach Hause kam. Wenn es weiter schneite, würde auf den Straßen in Null Komma Nichts ein Verkehrschaos herrschen.
Sie stellte das Radio an. Sie brauchte jetzt Musik. Etwas Ablenkung, um die Gespenstergedanken an ihre kranke Mutter zu vertreiben. Francis Cabrel sang
„Histoire ordinaire,
On est tout simplement, simplement
Un samedi soir sur la terre.
Pas la peine d'être plus précis
Cette histoire est déjà finie".
Recht hatte er: Es war Samstag und alles, was sie heute Abend erleben würde, wäre sowieso nur eine Histoire ordinaire – eine ganz normale Geschichte. Und so war es immer gewesen, und so würde

es immer bleiben. Also konnte sie auch gleich ganz die Finger von den Männern lassen.
Sie erreichte unversehrt – der Smart war nur einmal ins Rutschen gekommen – ihre Straße. Sie parkte den Wagen und wollte eigentlich nach Hause, als der nagende Gedanke an die Zukunft sich wieder meldete. Nein, so wollte sie nicht nach Hause gehen. Julie entschied sich für einen Abstecher im Chaplin. Auch wenn sie keine Lust mehr hatte dort zu arbeiten, so war es doch nett, mit den Kollegen ein freundliches Wort zu wechseln. Außerdem würde auch Piwi ein kleiner Spaziergang nicht schaden.
Die Kneipe war fast leer. Heute Abend arbeitete Suzanne. An der Theke saß Didier und am Spielautomaten spielte jemand, den sie nicht kannte. Didier lud sie und Suzanne zu einem Getränk ein. „Santé!" Sie prostete Didier zu. Sie glaubte, dass er ein Samstag-Abend-Stammkunde war, der es auf Suzanne abgesehen hatte, doch anscheinend hatte sie sich getäuscht. Didier schien zwar interessiert zu sein, aber an ihr. Was für ein wunderbares Gefühl. Er hatte zwar schon ein Gläschen zu viel getrunken, aber er war ein netter Kerl und außerdem sah er auch noch gut aus. Julie entschied, dass man auch noch mit 59 seinen Spaß haben konnte, auch wenn man nicht mehr an die Liebe glaubte. Und wie durch einen Zufall musste auch Didier

„nach Hause" als Julie und Piwi sich von Suzanne verabschiedeten. Der Weg zum Glück (für diesen Abend) war nur 48 Treppenstufen hoch.

Ohrenschmerzen. Sofia klagte über Ohrenschmerzen. Natürlich. Bei der Kälte. Seit einer Woche hustete das Mädchen nun schon und jetzt auch noch das. Sabine würde mit ihr zum Arzt gehen müssen. Aber der hatte erst nachmittags Sprechstunde. Konnte sie Sofia trotzdem zur Schule schicken? Eigentlich wollte sie unbedingt an ihrer Geschichte weiterschreiben. In drei Tagen war die Deadline. Und sie war einfach noch nicht zufrieden mit dem Ergebnis. Sollte sie noch mal ganz von vorn anfangen? Aber darum müsste sie sich später kümmern. Jetzt war ihr kleines Mädchen dran. Sofia schien wirklich krank zu sein.
„Kannst du Elias zur Schule bringen?", fragte sie ihren Mann. „Ich rufe bei Doktor Gilbert an." Ein Blick auf die Uhr. Es war erst sieben. Ab wann beantwortete die Ärztin noch mal ihre Anrufe auf dem Handy? Acht Uhr? Egal. Sabine konnte eine Nachricht auf ihrem Anrufbeantworter hinterlassen. „... Wenn Sie mich bitte zurückrufen könnten."
Um halb acht kam der Rückruf: „Tut mir leid, ich kann heute Morgen keine Hausbesuche machen,

aber kommen Sie doch heute Nachmittag in meine Sprechstunde. Ich kann Ihnen auch einen Termin geben.“ So blieb Sabine nichts anderes übrig, als die Kranke mit Paracetamol schmerzfrei zu halten, um sie dann nachmittags zu ihrer Ärztin zu bringen.

Bevor Sabine nach Brüssel gezogen war, hätte sie sich nie ein System vorstellen können, in dem Ärzte ihre Telefonate persönlich annahmen und ihre Termine selbst machten. Und zwar so, dass der Patient nicht länger als eine viertel Stunde warten musste. Natürlich gab es auch hier Arzthelferinnen, aber die fand man nur in den Centres Médicaux (Ärtzehäusern). Und sie halfen auch nur, indem sie die Termine vergaben oder Blut abnahmen. In der Praxis arbeitete der Arzt allein. Selbst der Zahnarzt arbeitete ohne Assistentin. Sein Zahnarztbesteck legte er auf dem Brustkorb seiner Patienten ab und kam so ganz wunderbar allein zurecht.

Abgekämpft kam Sabine am Abend mit ihren Kindern vom Arzt zurück. Gerötetes Innenohr. Nichts wirklich Schlimmes. Daniel würde jeden Moment aus dem Büro zurückkommen. Seine Arbeit im Parlament ließ ihm die Freiheit, sich seine Arbeitszeit so einzuteilen, wie es für ihn am besten war. An zwei Nachmittagen in der Woche machte er schon um 14.00 Uhr Feierabend, blieb dafür

aber an einem Abend bis um 20.00 Uhr. Es war Montag. Er würde gegen sechs zurück sein.
Sabine saß mit den beiden Kindern bei Spaghetti mit Tomatensoße, als Daniel zur Tür herein kam. Erleichterung durchfuhr die Autorin: „Hallo Schatz. Sofia ist okay. Übernimm du. Du weißt ja, die Deadline." Und weg war sie. Auf dem Weg ins Chaplin. Dort konnte sie hervorragend arbeiten, wenn zu Hause zu viel Trubel herrschte. Manchmal brachte ein Bier nebenbei ja auch die hervorragendsten Ideen hervor.
Sie setzte sich in die Nichtraucherecke – was nichts brachte, da die ganze Kneipe so verraucht war, dass man froh sein konnte, nicht fürs Mitrauchen bezahlen zu müssen – und bestellte erst mal einen Kaffee. Julie hatte schon Feierabend gemacht, aber da Sabine schreiben wollte, war das vielleicht sogar ganz gut so. Sie musste ihre Geschichte von Elias, Sofia und Lizzy weiterspinnen. Aber es lief nicht so recht. Vielleicht würde ein Bier helfen ... Vielleicht noch eins? ... Dann stand plötzlich Bernadette vor ihr. Der fröhlichste Mensch, der Sabine je über den Weg gelaufen war. Spindeldürr, kurze blonde Haare, solariumgebräunt, circa 1,50 Meter groß und daher nie ohne zehn Zentimeter Absatz unter den Schuhen. Markenzeichen: ein Glas in der Hand und ein Lachen im Gesicht.
Das war's. Sabine konnte ihr Netbook zuklappen.

Es ging auch schon auf die zehn Uhr zu. Mit Bernardette kam die gute Stimmung, die laute Musik und ohne ein Wort zu wechseln trafen sich die beiden Frauen auf der Tanzfläche (ein mal zwei Meter zwischen den Tischen und der Theke). Die Geschichte war zwar nicht geschrieben, aber der Abend war gerettet.

Es war dann halb zwei, als Sabine nach Hause kam. Der Ehemann und die zwei Kinder beschlagnahmten das eheliche Bett. Sabine entschied sich, in einem der Kinderbetten zu schlafen. Hoffentlich war Sofia morgen wieder gesund, dann könnte Sabine ihre Geschichte noch einmal überarbeiten, wenn die Kinder in der Schule waren.

Das neue Jahr hatte gerade begonnen. Der Schnee war leider weggeschmolzen. Aber die Kälte war geblieben. Das Schlimme daran war die Feuchtigkeit. An der warmen Heizung sitzend, hatte Jack diese Nieselluft gar nicht wahrgenommen, aber draußen auf seinem Rad hatte er das Gefühl, die Kälte kröche ihm in die Knochen. Dann die Erlösung: die Wärme des Café Belga umfing ihn. Ein Café im ehemaligen Radiogebäude (heute diente es als Kulturzentrum) des RTB (Radio et Télévision Belge) aus den 50er Jahren im Art-Deco-Stil (von Weitem sah das Gebäude wie ein Ozeandampfer aus), auf der Ecke des Place Flagey liegend mit einer enorm langen, in Mattsilber gehaltenen Bar - Platz für mindestens 10 Bedienungen dahinter - hell erleuchtet von Deckenstrahlern, umgeben von Fenstern mit kleinen Tischen aus Kiefernholz für zwei Personen, die ohne Weiteres zu Vierer- oder Sechsertischen zusammengestellt werden konnten. Die einzigen zwei glaslosen Wände zierte jeweils eine beigefarbene Lederbank. Alle Tische waren belegt. Es herrschte eine entspannte Atmosphäre. Das Publikum war international. Dort saßen Arbeitende mit ihren Laptops, Studierende mit ihren Büchern, Familien mit ihren Kindern, Touristen mit ihren Reiseführern und die Träumer, die einfach nur in ihren Tassen rührten und aus dem Fenster starrten. Der Geräuschpegel war durch die jazzige Hintergrundmusik und die Unterhaltung der Leute relativ hoch, aber das tat der allgemeinen Stimmung keinen Abbruch.

Selbstbedienung. Jack ging zur Bar, um sich ein Getränk zu holen. Und er wollte es nicht glauben, hier konnte man mal wieder die belgische Seelenruhe erleben: Fünf junge Menschen standen hinter der Theke und eigentlich erwartete Jack, dass sich jemand umdrehte, um ihn zu begrüßen. Stattdessen putzte einer die Kühlschranktüren, ein anderer wischte den Boden, der Dritte die Theke, der Vierte brachte den leeren Mülleimer nach draußen und der Fünfte, der nun endgültig für das Wohl der Gäste zuständig war, war noch damit beschäftigt, eine vorherige Bestellung abzuarbeiten. Das hieß warten, bis er soweit war.

Nach zehn Minuten hatte Jack endlich seinen orientalischen Minztee bekommen und ging zu seinem Tisch zurück. Er bereitete seine Primark-Reportage vor. Das hätte er zwar auch im Büro tun können, da ihm aber in Cafés die besten Ideen kamen, hatte er auf dem Heimweg einen Abstecher ins Café Belga gemacht, dort wo immer eine geschäftige Atmosphäre herrschte und Jack sich so ganz unter seinesgleichen fühlte.

Primark war eine irische Textilhandelskette, in etwa mit H&M zu vergleichen. Und Primark eröffnete morgen ihre dritte Filiale in Deutschland in Gelsenkirchen. Eigentlich nichts Besonderes, aber in Anbetracht der momentanen irischen Finanzkrise ein berichtenswertes Ereignis. Eileen hatte ihm schon den Flug nach Düsseldorf und das Taxi nach Gelsenkirchen gebucht.

Jack fuhr seinen Laptop hoch und machte Notizen

1) den Geschäftsführer der Agentur zur Unterstützung irischer Exportunternehmen treffen und um Einschätzung der Lage bitten
2) gibt es Kulturbarrieren?
3) das Geschäft filmen
4) den deutschen Filialleiter interviewen

5) deutsche Kunden befragen (Dolmetscher vor Ort?)

Und so schickte Roseanne, Jacks Auslandsredakteurin in Dublin, ihn in der um Brüssel gelegenen Weltgeschichte herum, um die News des Tages über den Sender des RTE senden zu können, sei es im Radio, Fernsehen oder Internet.

Jack versuchte seine Interviews immer von der menschlichen Seite her aufzuziehen. Heute noch war er stolz auf eine Aktion, ganz zu Anfang seiner Journalisten-Karriere. 6. Juni 2004. Zur 60-Jahres-Feier der Landung der Alliierten in der Normandie gab es eine Protestbewegung. Jack hatte einen deutschen Veteranen in Hannover ausfindig machen können und war zu ihm gefahren. Er hatte mit einem hervorragenden Interview geglänzt, damit bei einem Wettbewerb den Durchbruch zum Auslandskorrespondenten geschafft und war nach Brüssel gerufen worden. Auch wenn die Menschen hier nicht so offenherzig und zuvorkommend waren wie in Irland, so war es doch die richtige Wahl gewesen. Sein Leben bestand nunmehr (neben der ständigen Suche nach der Frau seines Lebens) aus Reisen in verschiedene Länder und Treffen mit interessanten, einflussreichen Menschen. Jack sah sich immer ein wenig an der Weltgeschichte beteiligt. Auch wenn er sie nicht änderte, so war er doch ein Teil von ihr.

Wie das Ambiente eines Cafés mit der Freundlichkeit des Personals steigt und fällt, konnte auch Cecilia feststellen.
Sie saß in ihrem Lieblingscafé um die Ecke: Le Matin sympa. Und genau so war es hier: Kaum öffnete sie die Tür, wurde sie von einer strahlenden Isabella empfangen. Ob es daran lag, dass Isabella eine Landsmännin war? Das Café war klein und spartanisch eingerichtet, eigentlich nichts Besonderes, sieben kleine Holztische, Platz für 13 Personen. An der einen Wand hingen zwei Bilder, die Lust machten, einen Cocktail zu trinken (obwohl es genau das hier nicht gab), an der gegenüberliegenden Wand eine Tafel mit den Empfehlungen des Tages: Minestrone, selbstgemachtes Omelette und ein Duo von Nudeln mit Ossobuco, als Dessert: Tiramisu – auch selbstgemacht. In der Vitrine der Bar lagen frische Salate, Tomaten, Antipasti und andere Kleinigkeiten, die Appetit machten.
Isabella öffnete schon um 7.00 Uhr und Cecilia schaute eigentlich jeden Tag vorbei, um wenigstens einen Espresso zu trinken und ein kleines Fünfminutenschwätzchen zu halten. Le Matin sympa lag immer auf ihrem Weg, egal ob sie einkaufen ging oder eine Freundin besuchen wollte. Heute würde sie zum Juwelier gehen.
Ihre Ehe mit Ben war der zweite Versuch. Helena und Audrey waren die Kinder ihres ersten

Mannes, Dan war der Sohn von Ben. Aber Ben hatte die beiden Großen damals adoptiert und sah sie als seine eigenen Kinder an.
Beim Aufräumen (manchmal machte es richtig Spaß, in den hintersten Ecken der untersten Schubladen zu wühlen) hatte Cecilia ihren Ehering aus erster Ehe gefunden. Was sollte sie damit tun? Ihre Ehe war wirklich so schlecht gewesen, dass sie ihn nicht an ihre Töchter vererben wollte. Und ihn die Toilette herunterzuspülen war auch nicht möglich. Deswegen war sie auf dem Weg zum Juwelier. Vielleicht konnte ein kreativer Kopf etwas Neues aus dem Ring machen.
„Madame. Impossible." Das waren die einzigen Worte des Juweliers. Der Ring war so billig, dass man ihn nicht verändern konnte. Sie fühlte sich, als hätte ihr Ex sie schon bei der Hochzeit betrogen. Wütend stapfte sie die Straßen entlang. Ob Ben sie auch betrog? Aus den Augenwinkeln nahm sie eine in schwarze Gewänder und ein Kopftuch gehüllte Gestalt wahr, die am Boden saß und bettelte. Abrupt drehte Cecilia sich zu ihr um und warf den falschen Liebesbeweis in ihren Sammelbecher. „Arme Frau", dachte Cecilia noch, dann ging sie weiter in die Chaussée d'Ixelles um einen Einkaufsbummel zu machen. Es gab ein paar Antiquariate in der Chaussée d'Ixelles. Ein paar neue Kunstbücher würden sie wieder glücklich stimmen.

Als sie gerade die H&M-Auslagen im Schaufenster betrachtete, klopfte ihr jemand auf die Schulter. Cecilia drehte sich um. Es war die Bettlerin. Des Französischen nicht mächtig, zeigte sie auf Cecilias Ohrringe. Ja, wollte sie die jetzt auch noch haben? Und vor allem: Hatte die Frau Cecilia etwa die ganze Zeit verfolgt? Es war vor mindestens zwanzig Minuten gewesen, als sie ihr den Ring gegeben hatte. Cecilia schickte die aufdringliche Frau weg und ging weiter. Doch im Spiegel des Schaufensters konnte sie wahrnehmen, wie die Bettlerin zu einem arabisch aussehenden Mann auf der anderen Straßenseite ging und auf ihn einredete. Cecilia bekam es mit der Angst zu tun. Sie ging in das nächste Antiquariat. Doch beim Verlassen desselben war sie nicht überrascht, den Mann wartenderweise an der Ecke stehen zu sehen. Was sollte sie tun? Wie sollte sie den Typen nur abhängen? Sie rief bei Ben an. Er nahm nicht ab.

Ihr Herz pochte wie wild. Sie wurde verfolgt. In einem Abstand von fünfzig Metern lief der Mann hinter ihr her. Wollte er sie jetzt überfallen? Wegen ihrer Ohrringe? Das war Modeschmuck und nichts wert. Nein. Auf einmal ging ihr ein Licht auf. Wer einer Bettlerin einen Ring gab, musste vermögend sein, und es würde sich bestimmt lohnen, das Haus auszuräumen. Das letzte, was sie jetzt also tun sollte, war nach Hause zu gehen.

Und so endete sie wieder dort, wo sie heute Morgen angefangen hatte: im Matin sympa. Gottlob hatte sie im Antiquariat einen dicken Wälzer über Gustav Klimt gefunden und gekauft, denn Isabella hatte keine Zeit für sie und der Verfolger hatte Ausdauer. Drei geschlagene Stunden trieb er sich offenkundig vor dem Café herum. Dann war er verschwunden. Cecilia atmete auf – und ging auf einem Umweg nach Haus. Endlich.

Julie hatte noch mal über die Sache mit der ASBL nachgedacht. Eigentlich eine gute Idee, aber nur dann, wenn man schon eine Café-Einrichtung besaß. Woher sollte sie, wenn sie jetzt einen Raum mieten würde, das Mobiliar hernehmen? Sie konnte es wohl kaum selbst finanzieren. Sie musste sich etwas einfallen lassen.
Vielleicht konnte sie sich bei der Gemeinde bewerben als Geschäftsleitung von einem Sport- oder Kulturzentrum, so wie eine Bekannte, die seit drei Jahren das Schwimmbadrestaurant leitete. Es sah aus, als wenn es ihr Lokal wäre, dabei war sie einfach nur die Geschäftsleitung. Sie selbst bezeichnete sich immer als „Concierge", aber so einen Hauswart würde Julie auch gern abgeben.
Sie fuhr also ihren veralteten Computer hoch (den hatte sie mit den Worten „zu langsam für mich"

von ihrer Nichte geerbt) und machte sich daran, ihren Lebenslauf zu formulieren. Den würde sie den Communes, den Gemeinden der Region Brüssel-Hauptstadt zuschicken. Neben der Region Brüssel-Hauptstadt gab es noch die Wallonie und Flandern – jede Region hatte übrigens ihre eigene Regierung, die jeweils über genauso viele Befugnisse verfügte wie die Zentralregierung selbst. Da das anscheinend für belgische Verhältnisse zu einfach war, hatte man zusätzlich noch drei weitere Strukturen hinzugefügt: die niederländischen, französischen und deutschen Communautés (Sprachgemeinschaften), die wie der Zentralstaat und die Regionen ihre eigene Regierung und ihr eigenes Parlament hatten, wobei zum Beispiel die französische Communauté ihre Dienste an die Bürger der wallonischen und der Brüsseler Region richtete, aber nicht an die 300.000 frankophonen Belgier, die in Flandern lebten, da Flandern einsprachig war und „Ausländer" niederländisch sprechen mussten. Die deutsche Gemeinschaft hingegen konnte nur in der Wallonie (der französischsprachigen Region) agieren, während die niederländische Communauté für Brüssel und Flandern zuständig war. Daraus folgte, dass zum Beispiel eine französischsprachige Familie, die in Brüssel lebte, abhängen konnte von der Zentralregierung für die Rente, von der französischen

Gemeinschaftsregierung für eine Musikschule, von der niederländischen Gemeinschaftsregierung für die Schule und von der Brüsseler Gemeinschaftsregierung für die Müllabfuhr. Für Julie waren jetzt aber nur die Communes wichtig. Sie bereitete 19 Bewerbungsbriefe für die insgesamt 19 Gemeinden der Region Brüssel-Hauptstadt vor (wobei übrigens die Gemeinden Brüssel-Stadt und Schaerbeek hier als Stadt zählten).
Da Julie wie viele Belgier zweisprachig war, französisch und niederländisch (Deutsch gehörte zwar auch zu den belgischen Nationalsprachen, wurde aber nur in der östlichen Wallonie, der französischsprachigen Region mit deutschsprachigen Zentren gesprochen), sollte es doch wohl kein Problem sein, irgendwo ein nettes Lokal zu finden, das eine Frau wie sie in der Geschäftsführung brauchte. Julie dachte positiv.

Daniel saß auf dem Barhocker in seiner Küche. Normale Routine: Von der Arbeit heimkommen, Kinder begrüßen, Post kontrollieren. Nun hielt er einen Brief von der Schaerbeeker Gemeindeverwaltung in der Hand. Daniel runzelte die Stirn. Las vorne, las hinten. Drehte das Blatt noch mal. Las nun zum wiederholten Mal die Rückseite, dann wieder die Vorderseite. „Vielleicht verstehst

du das ja." Er reichte Sabine, die gerade die Spülmaschine ausräumte, den Brief.
Es war ein Überweisungsformular. Aber wofür? Für einen Sack? Was für ein Sack? Daniel schaute über Sabines Schulter. „Es ist ein Strafmandat." - „Für einen Sack?" Geschrieben stand dort nur: Für den genauen Hergang der Straftat reichen Sie einen schriftlichen Antrag ein.
Doch dann hatte Daniel die Erleuchtung: „Ich denke, ein Müllsack hat auf dem Bürgersteig oder auf der Straße gelegen."
„Und wann soll das gewesen sein?"
„Dort steht 11. Oktober."
„Das ist drei Monate her. Daran kann sich kein Mensch mehr erinnern. Woher wollen die wissen, dass das unser Müll war? Vielleicht hat jemand was vor unser Haus gestellt." Sabine war atemlos vor Aufregung.
„Morgen werde ich das klären. Es ist ja eine Telefonnummer dabei."

Sabine war nervös. Sie saß am Schreibtisch und überarbeitete noch einmal ihre Freundschafts-Geschichte. 4.000 Zeichen waren vorgegeben. Verflixt, das war nicht viel.
Elias hält seine Schwester am Arm fest: „Warte! Ich geh! Ich besorge was zu essen." Bei sich selbst denkt er: „Dann kann ich wenigstens noch mal

in Ruhe überlegen ... Aber was gab es da noch zu überlegen? Da saß eine Eidechse (da war er sich sicher) im Sand bei seiner kleinen Schwester und behauptete, ein Drachenmädchen zu sein. Das war zwar alles recht ungewöhnlich, aber wenn er ehrlich war, musste er zugeben, dass er sich über die Begegnung freute. Vielleicht konnte Lizzy ihnen wirklich Italienisch beibringen und vielleicht konnten sie auch Freunde werden. Die Ferien fingen ja gerade erst an.

3.963 Zeichen. Gut. Das Einzige, was Sabine ein ungutes Gefühl verursachte, war, dass das Ende eigentlich viel zu offen war für eine Kurzgeschichte. Es sah eher nach dem ersten Kapitel eines Buches aus. Was sollte sie tun? Heute war die Deadline und sie konnte nicht innerhalb der verbleibenden 14 Stunden eine neue Geschichte aus dem Boden stampfen. Sie wäre vor drei Tagen besser am Schreibtisch geblieben statt in die Kneipe zu gehen. Aber jetzt war es zu spät. Sabine musste sich selbst Mut machen: „Es muss weg. Ich schick es einfach ab." Sehr geehrte Damen und Herren, hier mein Beitrag zu Ihrem Wettbewerb „Ungewöhnliche Freundschaft". Mit freundlichen Grüßen aus dem grauen Brüssel. Sabines Herz klopfte so laut, dass der Nachbar es wahrscheinlich hören konnte. Nur noch ein Knopfdruck: SEND. Es war geschafft. Und Sabines Herz klopfte immer noch.

Da klingelte das Telefon. Daniel.

„Es waren Blätter von unserem Weinstock in dem Müllsack. Und er stand um 9.10 Uhr am Montagmorgen draußen vor der Tür."

Sabine konnte gar nicht so schnell umschalten. Sie war immer noch bei ihrer Geschichte. „Wie bitte?" Doch dann war der Groschen gefallen. Daniel hatte recht. Sie hatte den Wein an einem Sonntag geschnitten und ihn vor der Tür stehen lassen, um Taref die Möglichkeit zu geben, ihn abzuholen. Sie hatten Taref zufällig kennen gelernt, er hatte im letzten Jahr immer ihre Weinblätter abgeholt. Er behauptete jemanden zu kennen, der Medizin daraus machte. Wunderbar. Sabine war froh, dass sie auf diesem Wege sozusagen noch ein gutes Werk tun konnte. Wie im letzten Jahr hatte sie Taref angerufen und ihm auf den Anrufbeantworter gesprochen. Anscheinend war er nicht vorbei gekommen, um die Weinblätter zu holen. Aber dafür war die Schaerbeeker Patrouille gekommen. Und wie! 154 Euro! Sabine ärgerte sich schwarz. Die Stadt sollte lieber mal Parkwächter anstellen, die verhinderten, dass die Stadt von Hundekot zugedreckt wurde. Da war ein Müllsack auf dem Bürgersteig doch wohl nur ein kleines Vergehen (am nächsten Tag war er sowieso von der Müllabfuhr abgeholt worden). Aber die Belgier sahen das wohl nicht so. Eine Strafe für liegen gelassenen

Hundedreck kostete nur die Hälfte. Das sollte einer verstehen ...

Sabine legte den Hörer auf. Die Geschichte war komplett vergessen. Sie wusste nicht, wohin mit ihrer Wut. In solchen Situationen half nur Sport. Turnschuhe an und raus: ein paar Runden im Park Cinquantenaire drehen. Auf dem Weg dorthin kam sie an der Militärakademie vorbei, einem beige-braunen Backstein-Gebäudekomplex mit Springbrunnen, Blumenbeeten und japanischen Kirschbäumen im Innenhof, die sogar noch im Herbst mit ihren roten und goldenen Blättern ihren Reiz hatten. Die Akademie befand sich direkt zwischen dem Park und den gegenüberliegenden Stadthäusern und uniformierte Soldaten waren kein seltener Anblick. Anwohner der Gegend hatten das Privileg, die Sporteinrichtungen der Soldaten nutzen zu dürfen. Aber Sabine bevorzugte, sich an der frischen Luft auszutoben. Eine Runde um den angrenzenden Park Cinquantenaire, der ursprünglich als Exerzierplatz für die Akademie angelegt worden war, war drei Kilometer lang. Meistens lief sie zwei Runden, aber Wut schaffte bekanntlich Energie, und Sabine war geladen. Sie lief drei Runden und war völlig erledigt, als sie wieder nach Hause ins Warme kam. Aber sie hatte ihr Ziel erreicht: ihre Wut war verschwunden.

Jack war zu einer Vernissage eingeladen. Bei seinem Zahnarzt. Im Wartezimmer hatte eine Ankündigung gehangen, und Jack hatte sich bei seinem letzten Zahnarztbesuch erkundigt: Die Künstlerin war Dominique Basso, geborene Schweizerin, heute wohnhaft in Paris. Zu Studienzeiten war sie eine Schülerin des Brüsseler Artisten Guy Daly gewesen. Deswegen wollte sie auch hier in Brüssel ihre erste Vernissage veranstalten. Die Ausstellung dauerte drei Tage: Freitag bis Sonntag. Jack nahm sich vor, am Sonntagmorgen zur Finissage zu gehen. Zum Frühschoppen sozusagen.

Die Tür war weit geöffnet und so brauchte er nicht zu klingeln. Er kam in den Eingangsbereich und sah schon linker Hand in der Praxis die ersten Gemälde hängen. Es war ein seltsames Gefühl, einfach in die Praxis hineingehen zu können. Niemand war dort, doch kamen Stimmen aus dem ersten Stock. Jack sah sich um. Dies war die schönste Praxis, die er je gesehen hatte: alles in weiß, Stuck an der Decke, ein beleuchtetes Aquarium hinter dem Schreibtisch und rote Rosen an der Wand. Wie auch während der Behandlung lief diese beruhigende After-Work-Musik zum Chillen, aber durch die vielen Bilder entstand in dem Raum eine völlig andere Atmosphäre. Fast fühlte sich Jack wie ein Eindringling, so allein hier unten.

Anscheinend war die Künstlerin sehr spirituell.

Jack entdeckte in abstrakten Bildern Schatten von Personen, selbst eine Person mit goldenem, geöffnetem Kronenchakra konnte Jack ausmachen. Faszinierend. Er stieg die Treppe hinauf in den ersten Stock. Noch nie in seinem Leben hatte er die Möglichkeit gehabt, sich die Wohnung eines seiner Zahnärzte anzusehen.
Zu Jacks Überraschung waren ziemlich viele Leute da. Vielleicht ging es allen anderen genau wie ihm: Sonntage waren die Tage, an denen man nie wusste, was man tun sollte.
Mit einem Glas Cava Rosé in der Hand betrachtete er die Bilder. Er entdeckte eine Tiefe, die es ihm unmöglich machte, einem Bild weniger als 5 Minuten zu schenken. Je länger er es betrachtete, desto mehr entdeckte er darin. Sein Zahnarzt hatte ihn der Künstlerin vorgestellt und sie bestätigte seine Wahrnehmungen. Für sie war das Malen reine Intuitionssache: ein sich Öffnen für zeitlose Energien und Emotionen, um diese Eindrücke visuell mitteilen zu können.
Besonders angezogen wurde er von einer Spirale: „Vertigine“. Es war als ob „Vertigine“ Jack in sich aufsaugen wollte. Leider war das Bild schon verkauft.
Er ließ seinen Blick über die anwesenden Gäste schweifen, als er diese gutaussehende Frau Mitte zwanzig in Jeans und T-Shirt sah. „Wie ein

Model", schoss es ihm durch den Kopf. Aber was interessierte ihn an dieser Frau? Sie war viel zu jung für ihn. Sie schien Jacks Blick gespürt zu haben, denn sie prostete ihm zu. Jack prostete zurück. Dann hatte der Jounalist das Gefühl, die Ausstellung fluchtartig verlassen zu müssen.

Jack war völlig durcheinander. Warum hatte er sich so schnell verabschiedet? Hatte er jetzt auf einmal Angst vor selbstbewussten Frauen? Die Bilder hatten ihm hervorragend gefallen. Aber er konnte wohl kaum umkehren, um noch einmal hineinzugehen. „Entschuldigung, ich bin voreilig gegangen." Nein, er hatte nicht vor, sich zum Gespött der Leute zu machen. Vielleicht sollte er einfach mal wieder ins Museum gehen. Dort gab es schließlich auch jede Menge Bilder. Oder noch besser zur Museumsnacht, die seit drei Jahren jedes Jahr Ende Februar, Anfang März stattfand. In der Museumsnacht boten um die zwanzig verschiedene Museen Performances, Installationen, Spiele, Modeschauen und Führungen von 19.00 bis 1.00 Uhr an.

Shuttlebusse fuhren die Interessierten von einem Museum zum nächsten. Das war zwar eine tolle Dienstleistung, aber in seinem tiefsten Inneren wartete Jack auf die nächste Ausstellung von Dominique Basso.

Cecilias Ehe befand sich immer noch in einem leicht gefrorenen Zustand. Cecilia gab sich alle Mühe, kochte Bens Lieblingsessen, kaufte sich neue Dessous, machte sich schick und versuchte Ben zu überreden, abends mit ihr auszugehen. Aber das Einzige, was sie als Antwort erhielt war: „Ein andermal, mein Schatz. Hab so viel zu tun."
Und Cecilia war am Ende ihrer Ideen. Vielleicht müsste sie einmal etwas anderes versuchen. Genau das Gegenteil von dem, was Ben mochte. Wie zum Beispiel ... zum Beispiel... Ihr Gehirn arbeitete fieberhaft ... Das war es! Zöpfe. Und zwar viele kleine. Ben lästerte immer über Frauen mit Zöpfen. Vor allem über die in ihrem Alter. Mit ihren 48 war sie zwar kein Teenager mehr, aber sie fühlte sich gut und sie fühlte sich attraktiv. Vielleicht würde Ben sie mit Zöpfen endlich wieder wahrnehmen. Und wenn es auch nur wäre, dass er sie wieder losschickte, um die Zöpfe abzuschneiden. Aber dann wäre sie sich wenigstens sicher, dass ihm noch was an ihr lag.
Sie ging also in die Matongé, um sich eine Haarverlängerung machen zu lassen. Die Matongé war das afrikanische Viertel in Brüssel, gelegen zwischen den Europa-Institutionen und ihrem eigenen Einkaufsviertel, der Avenue Louise. Man fand hier afrikanische Cafés und Restaurants, Läden mit typischem afrikanischem Schmuck und Geschäfte mit

exotischen Früchten, Gemüsen und Gewürzen. Aber vor allem – und das war Cecilias Ziel – gab es afrikanische Friseure. In der Galerie d'Ixelles befand sich neben den afrikanischen Reisebüros ein Friseursalon neben dem anderen. Schlicht und einfach waren diese „Salons". Durch große Fensterscheiben konnte man den Friseurinnen bei der Arbeit zuschauen. Für die Afrikanerinnen war es normal, alle vierzehn Tage ihre Frisur zu wechseln: von kraus zu glatt, von lang zu kurz und (das war das Tolle) auch umgekehrt.

Mutig ließ Cecilia sich also auf dem Drehstuhl nieder, um sich innerhalb der nächsten zwei Stunden eine Haarverlängerung aus echten Haaren einarbeiten zu lassen. Das Resultat war teuer, aber es hatte sich gelohnt. Cecilia erkannte sich selbst kaum wieder. Der Erfolg wurde ihr dann nachts um elf Uhr dreißig bewusst, als Ben sich neben sie legen wollte: Ein Aufschrei: „Was ist das?"

Cecilia, die sich schlafend gestellt hatte, drehte sich um: „Was ist passiert?"

„Das wollte ich dich fragen!"

„Gefällt es dir nicht?"

„Du siehst bezaubernd aus." Mit diesen Worten fiel Ben über eine wirklich überraschte, aber glückliche Cecilia her. Würde jetzt alles wieder gut werden?

Julie hatte Feierabend. Völlig entnervt nach einem Tag der gewöhnlichen Langweile und dem Anblick der immer gleichen Gesichter öffnete sie zu Hause den Briefkasten. Ein Brief von der Commune d'Etterbeek. Nervös öffnete Julie den Umschlag. Konnte dieser Brief die Erlösung sein? Doch nein, es war eine Absage. Natürlich. Wer so schnell antwortete, konnte nur absagen. „Nous gardons cependant votre dossier ..." - Aber wir behalten Ihre Unterlagen für den Fall, dass ... Bla, bla, bla. Julies Laune wurde noch miserabler. Was ihr jetzt gut getan hätte, wäre ein Einkaufsbummel auf der Avenue Louise, dem Luxuseinkaufsviertel von Brüssel. Aber da die Geschäfte um 19.00 Uhr schlossen und bis dahin nur noch zehn Minuten blieben, musste sie dieses Vorhaben wohl auf morgen verschieben. Morgen war Mittwoch. Sie würde einfach Jacky anrufen und fragen, ob sie für Julie einspringen könnte. Jacky war Studentin und immer froh über ein paar unerwartete Euro im Geldbeutel. Julie musste sich einfach etwas Gutes tun. Zudem war gerade die Zeit der „Soldes", dem Ausverkauf, und die Ware bis zu 70% heruntergesetzt. Allein der Gedanke heiterte ihre Stimmung wieder auf.

Es war noch recht kühl, als sie am nächsten Morgen an der Porte de Namur aus dem Bus mit der

Nummer 64 stieg, doch die Sonne schien und es versprach ein wunderbarer Tag zu werden. Die Scheckkarte griffbereit, marschierte Julie über die Avenue de Toison d'Or. Brüssel hatte eben doch einen Hauch von Paris: Ein breiter Boulevard mit einem enormen Bürgersteig, der den Cafés und Bars als Terrasse diente.
Sie bog in die Avenue Louise ein und ihr Herz schlug höher. Max Mara, Guess, Caroline Biss, Devernois, Celio, Max Azria, John Braye, Villeroy & Boch. Kurz: 500 Euro in zwei Stunden. Jetzt ging es ihr besser. Es handelte sich bei dem Geld zwar um die Miete für den laufenden Monat, aber vielleicht könnte sie ein paar Überstunden schieben, um ihren Vermieter nicht enttäuschen zu müssen.
Sie ging zurück zur Rue Jourdan, einer kleinen Seitenstraße mit einer Auswahl internationaler Restaurants (japanisch, chinesisch, marokkanisch, französisch, belgisch und vor allem italienisch). Zum Abschluss ein Glas Prosecco und eine kleine Portion Antipasti (damit die neuen Hosen auch nach dem Essen noch passten).

Sabine und Barbara saßen in der Metro und waren auf dem Weg in die Innenstadt. Barbara wollte zu den Halles St. Géry, einem überdachten Markt aus dem Jahre 1881, der sich unweit der Börse befand.

Ihre Lait russe (die belgische Version des Café au Lait) tranken die beiden in der Galérie de la Reine im Vaudeville, dem edelsten Café, das sie je gesehen hatten – deswegen hatten sie sich auch entschlossen, dieses nicht wirklich zu betreten, sondern in den gemütlichen Korbsesseln auf der Terrasse, also in der Galérie, Platz zu nehmen. So hatten sie das Gefühl, sich nicht wegen ihrer zwar ordentlichen, aber dennoch nicht namentlich bekannten, Kleidung schämen zu müssen.
Vom Kaffee innerlich aufgewärmt, schlenderten sie weiter zu den Halles St. Géry. Die ehemalige Markthalle im Neorenaissancestil war eine Hommage an die damaligen Baustoffe: Sie bestand neben roten Backsteinen hauptsächlich aus Glas und Eisen. Heute war sie umfunktioniert: In der Halle befand sich neben einem Café ein Informationsbüro für Hausbesitzer über das ökonomisch-ökologische Bauen und Renovieren (Information d'Urbanisme) in Brüssel und oben auf der Galerie wie auch im Keller gab es ständig wechselnde Ausstellungen.
Barbara musste unbedingt in das Büro: „Siehste. Die Belgier bieten doch Informationen an, man muss sich nur die Mühe machen, mal hinzugehen."
„Hmm." Sabine war nicht so sehr am Bau interessiert. Darum sollte Daniel sich kümmern. Aber da sie nie ohne Buch aus dem Haus ging, konnte sie

es sich auf den Ledersesseln des Cafés gemütlich machen und auf ihre Freundin warten.
„Und jetzt?"
„Schaufensterbummel in der Rue Antoine Dansaert."
„Designerkleidung. Das kann sich doch kein Mensch leisten."
„Aber Gucken kostet nix."
Sie liefen durch die Straße und standen plötzlich am Kanal.
Barbara war überrascht: „Dass das alles so nah zusammenliegt, wusste ich auch nicht. Dabei wohne ich schon seit vier Jahren hier."
„Hier muss doch dann auch irgendwo Le Chien Vert sein."
„Welcher grüne Hund?"
Sabine musste lachen. „Warum das so heißt, weiß ich auch nicht. Auf jeden Fall ist der Le Chien Vert das größte und schönste und außerordentlichste Stoffgeschäft, das ich je gesehen hab."
Barbara sah sie an, als ob sie sagen wollte „Und weiter?"
„OK. Le Chien Vert befindet sich in den ehemaligen Kornspeichern des Hafens. Und da die Räume so groß sind, haben sie sogar Schiffe und Flugzeuge als Dekoration aufgestellt."
Barbara war wenig beeindruckt. Wahrscheinlich weil ihr Magen knurrte. Folglich liefen sie zurück

zur Restaurantstraße mit ausschließlich asiatischen Restaurants (Rue Jules Van Praet) und wählten ein Thai-Restaurant mit dem Namen Lune de Miel aus. Die Deko entsprach zwar nicht ihrem Geschmack, sie war eher westlich-künstlerisch als thailändisch: Mitten im Restaurant „wuchsen“ drei Bäume bestehend aus jeweils drei Birkenbaumstämmen mit auf einem Eisensockel befestigten Balkenästen, aber sie aßen ein hervorragendes und sehr thailändisches Mittagsmenü für ein preiswertes Angebot von 8,50 Euro. Wenn man die Augen offen hielt, konnte man also auch zu erschwinglichen Preisen satt werden. Sabine erinnerte sich, mit Daniel in derselben Straße ein paar Häuser weiter bei einem Japaner gewesen zu sein. Sieben Sushi mit Vorspeise (es hatte sich dabei um eine Mini-Misosuppe gehandelt) kosteten 24 Euro. Aber Daniel hatte herausgefunden, dass es in der Avenue Vleurgat einen japanischen Lebensmittelladen gab, der jeden Samstag ab zwölf Uhr frisch zubereitete Sushi verkaufte. Ebenfalls sieben Sushi schön angerichtet auf einem kleinen Tablett für nur zehn Euro. Seit dieser Entdeckung gab es nun fast jeden Samstag Sushi.

Nach dem Essen bummelten Sabine und Barbara weiter. Sabine hatte von Julie das Imaige de Nostre Dame, eine der ältesten Kneipen Brüssels, empfohlen bekommen. Vielleicht konnten sie hier ihren Kaffee trinken. Doch sie mussten erst in drei Geschäften nachfragen, bis sie die mittelalterlich wirkende Kneipe gefunden hatten.

„Willste da wirklich rein?“ Barbara meldete ihre Zweifel an. Und sie hatte recht: Das Imaige de Nostre Dame lag am Ende einer winzigen schlauchartigen Sackgasse, so dass selbst der Weg dorthin nicht vertrauenserweckend war. Am Ende der Gasse stand ein Tisch mit einem überquellenden Aschenbecher und eine offene Tür gab Einblick in eine dunkle Kneipe, die von außen so aussah, als wenn die Tassen nicht wirklich gut gespült würden.

„Vielleicht sollten wir mal abends wiederkommen. Alkohol desinfiziert ja bekanntlich.“

Barbara konnte sich ein Grinsen abringen, drehte zielstrebig um und trat den Rückweg an.

„Kennst du eigentlich das Actors Studio?“

„Kino?“

„Programmkino.“

Und Barbara zeigte Sabine das Kino (nur erreichbar durch den Eingang des Hotels Arlequin), welches sich mitten in der Fressgasse befand und rechts und links von Restaurants umgeben leicht zu übersehen war. Etwas für Insider, genau wie das Théâtre Royal de Toone, ein Marionettentheater für Erwachsene: gesprochen wurde in bruxellois français, dem Brüsseler Dialekt, der eine

Mischung aus flämisch und französisch war. Das Toone lag ebenfalls umgeben von den Restaurants versteckt in einer Sackgasse etwa 20 Meter vom Kino entfernt.
Sabine hatte Bedenken. „Hier bräuchte ich gar nicht erst reinzugehen. Ich würde kein Wort verstehen."
„Die Vorstellung ist auch erst abends. Lass uns zur Sainte Cathérine gehen. Dort können wir in die Metro steigen. "
Auf dem Weg dorthin kamen sie an einer Kneipe vorbei, in die man Jugendliche hineinströmen sah.
„Ich hab mich immer schon gefragt, wo die Kinder sich später mal herumtreiben würden."
„Ganz bestimmt hier", bestätigte Barbara. „Guck mal."
Und da stand weiß auf grün auf einer Tafel:
Celtica
Happy Hour
Every day 1pm until Midnight
1 Beer 1€
Special Bottles 2€
Erstaunlich günstig, aber irgendwo musste ja auch der Jugend etwas geboten werden.
Als sie gerade den Place Ste. Cathérine überquert hatten, stieß Barbara in einen Jubelschrei aus: „Ein Kräuterladen!" Und weg war sie. Sabine folgte ihr in die Herboristerie Desmecht. Und hier lernten

dann beide die positive Seite der Gelassenheit der Belgier kennen.
Im hinteren Teil des Reformhauses war die Kräuterabteilung. Ein kleiner Raum, schätzungsweise 5x4x4 Meter mit einem Comptoir in der Mitte und eichebraunen Schubladen, die bis an die Decke reichten. Hier erklärte die Verkäuferin in aller Seelenruhe, dass Hopfen ein wunderbares Schlafmittel war, die Brennnesselblätter das Blut reinigten und deren Samen der Manneskraft halfen. „Möchten Sie mal probieren?“ Na ja, es ging ja hier jetzt um den Geschmack und nicht um das Resultat. Warum sollten sie also nicht probieren. Die Samen schmeckten zwar nicht besonders intensiv, hatten aber tatsächlich einen nussigen Nachgeschmack. „Kann ich meinem Mann das ins Müsli streuen?“ Die Verkäuferin war begeistert von der Idee: „Aber natürlich. Sie können auch Plätzchen damit backen oder Brot.“ Und Sabine stellte sich den armen Jörg vor, wie er von nun an morgens sein Brennnesselsamenmüsli essen musste.
„Sind Sie schon lange hier? Das Geschäft ist mir noch nie aufgefallen.“ Barbara wollte immer alles genau wissen.
„Seit 1840, aber damals war es noch ein Krämerladen.“
„Früher war es viel besser hier“, schaltete sich auf einmal eine weitere Kundin ein.

Sabine und Barbara drehten sich um. „Warum?"
„Man hatte noch die Möglichkeit, alles in kleinen Mengen zu kaufen."
„Aber das können Sie doch heute auch noch."
Barbara und Sabine gingen zur Kasse. Sie hatten keine Lust auf Streitgespräche. Aber Sabine hatte jetzt verstanden, wie man sich eine belgische Wartezeit verkürzte. Man nahm einfach am Gespräch teil.
Gestern noch hatte sie die gleiche Gelassenheit als negativ empfunden, als sie auf der Post stand (am Schnellschalter), um ein Päckchen abzuholen und auf die Frau, die vor ihr an der Reihe war, warten musste, weil die Dame an der Paketausgabe nicht nur so freundlich war, einen Karton zu verkaufen, nein, sie half auch noch, ihn zu einem Paket zu knicken und es zu beschriften. Die Schlange hinter Sabine wurde länger und länger und sie grübelte, ob man in Deutschland nicht einfach die Frau hätte bezahlen und sich selbst um die Falterei kümmern lassen. Für den Betroffenen war dieser Service sicher sehr zuvorkommend, für die in diesem Fall wartende Sabine eine Katastrophe. Sie hätte auch mit zweitem Namen Ungeduld heißen können. Da aber ihr dritter Name Freundlichkeit war, blieb sie einfach still und wartete, bis sie an der Reihe war.
An der Kasse des Reformhauses erhielten die

beiden noch einen Führer über ätherische Öle und machten sich danach müde vom Pflastertreten, aber glücklich über die netten Mitmenschen, auf den Heimweg.

Samstagmorgen. 11.00 Uhr. Eiskalt. An Jacks einfach verglasten Schlafzimmerfenstern waren Eisblumen zu sehen. Die Sonne ließ sie in ihrer wahren Schönheit erstrahlen. Was aber Jack gebraucht hätte, war graues belgisches Regenwetter. Dann hätte er seine Verfassung auf das Wetter schieben können. Wieso fehlte ihm der Antrieb bei so herrlichem Wetter? Er könnte im Noordzee am Place Sainte Cathérine vor der gleichnamigen Kirche einen Frühschoppen machen. (Die „Fischbar mit Selbstbedienung" hatte im Übrigen nichts mit der deutschen Kette Nordsee zu tun, die Jack während seiner Aufenthalte dort kennengelernt hatte.) Die Sainte Cathérine war beileibe die einzige Kirche, die er je gesehen hatte, an deren Wand sich ein öffentliches Pissoir befand. Ob der Papst davon wusste? Auf jeden Fall gab es im Noordzee jeden Tag (außer sonntags) einen Fischaperitif: Diverse Häppchen bestehend aus Fischsuppe, Fischkroketten, gebratenem Fisch, rohen oder gegrillten Muscheln und einem Glas Moselwein dazu. (So wie es schon der Chansonnier und Gourmand

Jaques Brel gesungen hatte: Des Moules et puis des Frites et du vin de Moselle.) Gab man Trinkgeld, wurde jedes Mal ein großes Hallo veranstaltet. Bei diesem Sonnenwetter würden die Stehtische draußen bestimmt mit der winterlich vermummten Schickeria besetzt sein. Und da Jack immer hoffte, dass SIE ihm endlich über den Weg lief, wollte er keine Gelegenheit auslassen, ihr die Möglichkeit dazu zu geben. Wie sollte sie ihn also treffen, wenn er hier im Bett liegen blieb?

Jack schlurfte ins Bad. Er fühlte sich einfach elend, dabei war er gestern Abend nicht mal draußen gewesen. Hatte keinen Tropfen Alkohol getrunken. Von den zwei Bier zu seiner selbstgemachten Pasta einmal abgesehen. Aber das zählte nicht. Und jetzt stand er hier und konnte sich selbst nicht leiden. Sein Spiegelbild – ein Unbekannter mit kurzen blonden Strubbelhaaren und hellen blauen Augen - schaute abschätzig zu ihm herüber. „Reiß dich zusammen und spring unter die Dusche“, schien es zu sagen. Außerdem lag das Nordzee direkt um die Ecke.

Noch vor etwa 20 Jahren hatten sich die Frauen zum Namenstag der Heiligen Katharina von Alexandrien (Schutzpatronin der Schulen, der philosophischen Fakultäten, der Näherinnen und Schneiderinnen), am 25. November an der ihr zu Ehren erbauten Kirche (der Sainte Cathérine) zu einer Prozession eingefunden, um einen Ehemann

zu erbitten. Die Initiative der Prozession ging anfänglich von den Besitzern der Nähateliers aus, die ihre Mitarbeiter sehr schlecht bezahlten und diese somit ein wenig entschädigen wollten.
Jack überlegte. Das war doch ein gutes Omen. Im Zeitalter der Gleichberechtigung konnte auch Jack zur Heiligen Katharina gehen. Er würde um eine Frau bitten.
Er stieg also unter die Dusche, griff zu Zahnbürste und Rasierer und fühlte sich eine viertel Stunde später um etwa zwei Prozent besser ... Er ging wieder ins Bett. Er würde die Heilige später besuchen.
Acht Stunden später hatte er es dann geschafft. Er ging zum Fischmarkt, der früher der Innenstadthafen von Brüssel gewesen war - heute gab es nur noch zwei Becken, die nicht zugeschüttet und überdeckt waren. Dort stand er im Schatten der Saint Cathérine, die mit ihrem schwarz verfärbten Stein wahrlich keinen imposanten Eindruck mehr hinterließ. Den Bau an der Kirche aus einer Mischung verschiedener Stilrichtungen der Romantik, Gotik und Renaissance hatte der Baumeister Joseph Poelaert, der auch den gigantischen Justizpalast erschaffen hatte, nach zwanzig Jahren Arbeit im Jahre 1874 beendet (die im 14./15. Jahrhundert errichtete Kirche war im feuchten Untergrund der zugeschütteten Hafenbecken versunken).

Jack blickte auf die große Auswahl an Fischrestaurants, die sich rechts und links vom Marktplatz aneinanderreihten.
Vor zwei Monaten noch hatten sich hier Menschenmengen zwischen Weihnachtsmarkthütten, Getränkeständen und Imbissbuden getummelt. Es gab ein Riesenrad und eine Schlittschuhbahn. Nirgendwo sonst hatte Jack von einem Weihnachtsmarkt gehört, der bis Silvester geöffnet war. Aber jetzt hatte sich das vor- und nachweihnachtliche Ambiente wieder in Luft aufgelöst.
Die Januarsonne war mittlerweile untergegangen und Jack hatte Hunger. Er ging also ins Jacques. Das Fischlokal, in dem man laut Reiseführer die meisten Belgier traf und wo man angeblich zu einigermaßen humanen Preisen satt werden konnte. Satt konnte man werden. Aber human fand er die Preise nicht. Der billigste Fisch, ein Lachs, kostete 18,50 Euro und dann hatte man immer noch keine Beilage. Aber das war Jack im Moment egal. Er hatte keine Lust, weiter zu suchen und Hunger hatte er auch.
Jack hatte einen kleinen Tisch in der Ecke des Raumes gewählt. Von dort hatte er einen guten Überblick über das ganze Lokal. Er bestellte eine Bouillabaisse und ein Steak mit grünem Pfeffer (für 27 Euro). Einfach aus dem Grund, weil das Fleisch aus Irland kam. Jack war eben immer noch heimatverbunden.

Gerade wollte er in sein mit Salzbutter bestrichenes Brötchen beißen, da traf es ihn wie ein Schlag: Die Tür ging auf und die schöne Blonde aus dem Delirium kam herein. Gefolgt von einem Mann. Jack wäre am liebsten im Erdboden versunken. Er konnte sich zwar nicht mehr an alles erinnern, wusste allerdings noch ganz genau, dass er abgeblitzt war. Aber auch jetzt – in nüchternem Zustand – gefiel sie ihm noch ausnahmslos gut. Er lächelte ihr freundlich zu und konzentrierte sich dann wieder auf sein Brötchen. Jack meinte, ein Aufblitzen in ihren Augen gesehen zu haben.
Sein Brötchen kauend schaute er auf, als er ihren langbeinigen Schatten neben seinem Tisch wahrnahm. „Darf ich dir meinen Bruder vorstellen?"
Er konnte sein Glück kaum fassen und warf infolgedessen - als er dem Bruder der Frau, deren Namen er nicht mehr wusste, die Hand reichen wollte - sein Weinglas mit dem nach Zitrusfrüchten duftendem Sauvignon Blanc aus dem Bordeaux um. Sofort kam ein Kellner zu Hilfe, reichte Jack eine Serviette für die nasse Hose und versuchte mit einer zweiten den Fußboden wieder trocken zu bekommen. „Pas grave, pas grave, pas du tout."
Wie hatte das nur passieren können?
Ach ja, er wollte dem Bruder die Hand geben. Jack sah hoch. Er sah sich im Lokal um. Doch da war niemand. Vor ihm stand seine dampfende

Bouillabaisse. „Wunschträume!“, schoss es ihm durch den Kopf. Er hatte das Gefühl, für den Rest des Abends besser vor seinem Fernseher aufgehoben zu sein. Jack ließ die Fischsuppe stehen und bat um die Rechnung.

Hatte Cecilia gemeint, ihre Beziehung sei wieder in Ordnung, so hatte sie sich anscheinend doch getäuscht. Das nächtliche Vergnügen von einst musste ein Versehen seinerseits gewesen sein. Vielleicht hatte sie Ben mit dem Überraschungseffekt „Zöpfchen“ einfach nur aus der Bahn geworfen und ihn so herumbekommen oder er hatte sich vorgestellt, sie sei eine andere gewesen. Das wäre natürlich noch frustrierender. Die folgenden Wochen waren verlaufen wie immer. Ben ging früh aus dem Haus, Ben kam spät wieder. Ben arbeitete wie üblich am Wochenende – wenn auch zu Hause. Cecilia kümmerte sich um den Haushalt und ihren gemeinsamen Sohn, aber sie fühlte Ben so weit entfernt wie nie.

Ihre Schwester Ivana hatte sich angemeldet. Ivana hatte beruflich in London zu tun gehabt und dann die Chance genutzt, mit dem Eurostar in zwei Stunden nach Brüssel fahren zu können. Cecilia freute sich, konnte sie doch ein wenig Ablenkung gut gebrauchen.

In ihrem kleinen roten Fiat fuhr sie mit Dan zum Bahnhof, um Ivana abzuholen. Ein Blick auf ihren Sohn, der mit seinen zwölf Jahren immer erwachsener wurde (auch wenn er noch ein Kind war, dessen war sie sich wohl bewusst) und ihr schoss der Gedanke an Audrey in den Kopf. Oje, wie sollte sie ihrer Tochter in dieser Stadt nur Fahrstunden geben? Sie kannte sich ja selbst kaum aus. Sie näherte sich dem Brüsseler Nordbahnhof. Auf der einen Seite sah man runde Glaskästen, eckige Glaskästen und ovale Glaskästen. Mit Fenstern in den verschiedensten Tönungen: von blau- über silbern- bis beige- und braun-spiegelnd, hinter denen sich Firmen, Banken und Restaurants befanden und vor deren Gebäudeeingängen sich jeweils ein bis zehn Raucher tummelten. Auf der anderen Seite lagen alte graue Betonklötze auf Pfeilern mit blinden oder zerschlagenen Fenstern brach.

Leider gab es nur wenige Parkplätze. Deswegen war Cecilia gezwungen, im anliegenden Rotlichtviertel zu parken: in den Schaufenstern saß das Frischfleisch und ließ sich begutachten. Dabei verhielten die Schönheiten sich so natürlich wie manch einer daheim im Wohnzimmer: sie unterhielten sich miteinander, telefonierten und lachten, als wenn es nichts Besonderes wäre, in Reizwäsche in einem Fenster zu sitzen.

Als sie endlich mit Dan im Schlepptau (der

Zwölfjährige konnte sein Interesse für die nackten Schönheiten nicht verhehlen) im Inneren des Bahnhofs angekommen war, musste Cecilia feststellen, dass der Eurostar nur im Gare du Midi hielt. „Verflixt!“ Diese Fahrerei durch die Stadt hatte sie so sehr gestresst, dass sie die Bahnhöfe verwechselt hatte. Und die Promenade durch die Rue de Aerschot hatte vielleicht zur Aufklärung ihres Jüngsten beigetragen, war aber an sich umsonst gewesen. Sie mussten auf die andere Seite der Stadt, zum Südbahnhof. Folglich ordneten sie sich in den Stop-and-Go-Verkehr der Petite Ceinture, dem Stadtring, ein und brauchten dank der Tunnels, die bewirken sollten, dass der Verkehr besser lief, nur eine halbe Ewigkeit statt einer ganzen.

Ivana war zum Glück praktischer Natur. Daher setzte sie sich nach ihrer Ankunft in das nächstbeste Café, schickte Cecilia eine SMS mit ihrem Aufenthaltsort und wartete dort lesenderweise auf ihre Schwester.

Als Cecilia und Dan sie gefunden hatten, hätte Ivana ihre Schwester fast nicht erkannt. „Oh, Zöpfchen“, war Ivanas einziger Kommentar. Ob es ein spöttischer Kommentar war oder ob Ivana die neue Frisur mochte, hatte Cecilia aus diesen zwei Worten nicht heraushören können. Aber es war ihr auch egal.

Ivana war genau so kunstbegeistert wie Cecilia. Vor allem liebte sie die Surrealisten. So machten sie sich direkt am nächsten Tag auf in das neu eröffnete Magritte-Museum. Mit der Tram 94 kamen sie aus dem Quartier Louise direkt bis zum Palast an dem Place Royale. Von dort aus waren es nur noch drei Minuten zu Fuß bis zum Museum. Vorbei an den gewaltigen weißen neoklassizistischen Palastgebäuden, bewacht von Engeln mit Posaunen. (Wer hat behauptet, die Afrikaner hätten die Vuvuzela erfunden? Hier war der Gegenbeweis: Schon im Klassizismus bliesen die Engel auf derselben.)

Um zu Magritte zu kommen, musste man nun erst einmal durch die Eingangshalle des Musée de Beaux Arts. Im Bereich des Kartenverkaufs machten die „Soeurs de l'Illusion", eine Marmorskulptur mit drei lebensgroßen nackten Mädchen von Victor Rousseau, die Grundschuljungen glücklich. Vor den Blicken der Lehrer sicher, da diese gerade am Verkaufsschalter standen, konnte sie auch ein „Bitte nicht anfassen" nicht davon abhalten, die Schwestern einmal an den verbotenen Stellen zu berühren.

Der Eingangsbereich war anscheinend den belgischen Künstlern gewidmet. An der Wand zur Linken konnte man das zehn mal zehn Meter große Gemälde „Fontaine de l'Inspiration" von

Constant Montalds aus dem Jahre 1907 bewundern, zur Rechten hing Gustave Wappers „Episode aus Septembertagen 1830“, einer Schlachtszene auf dem Grand Place.

Doch das war es nicht, was Cecilia und Ivana bewegte. Wie von einem Magneten wurden sie von einer zwei Meter hohen grün glitzernden Kugel angezogen. „Der Globus“ von Jan Fabre aus dem Jahre 1958. Doch was war das nur, was da so schillerte und glitzerte? Und noch ein Schritt näher. Und die beiden Betrachterinnen wollten es kaum glauben. Und noch ein Schritt. Und tatsächlich: Der Globus war eine Käferkugel, geschmückt mit Skarabäen und einigen Riesenmaikäfern. Es hatte etwas Schönes, Faszinierendes, aber im gleichen Moment auch Grausiges und Abschreckendes. All diese aufgespießten Käfer.

„Und das soll Kunst sein?“, Ivana lief ein Schauer über den Rücken. Selbst der Künstlerin war nicht ganz wohl bei dem Gedanken. „Woher hat er nur all die Käfer? Er muss sie alle getötet haben.“

Und das war das Stichwort für Ivana. Sie kippte um.

Da stand er plötzlich neben ihr. Groß, breitschultrig, hilfsbereit. Er nahm Ivana in seine Arme und schaute Cecilia dabei mit seinen hellblauen Augen in die ihren. Dann trug er die Ohnmächtige zur nächsten Bank.

Es war um Cecilia geschehen. Während der Fremde sich um Ivana kümmerte, streifte sie in Windeseile ihren Ehering ab und ließ ihn in ihre Handtasche gleiten.
Ivana hatte sich schnell erholt und Cecilia schlug vor, etwas im Museumscafé zu trinken, natürlich war auch Julien – so hieß ihr Retter – eingeladen. Und somit war das Magrittemuseum auf ein anderes Mal verschoben.

FRÜHLING

Die kalte Zeit vorbei. Die graue Zeit vorbei. Grün. Helles Grün und dunkles. Hier ein Krokus, da eine Narzisse. Die Parks erwachen. Zartrosa leuchtende Kirschblütenzeit. Die Stadt erstrahlt in bunten Farben.

Freitag. 17.00 Uhr. Feierabend. Das Chaplin war zum Bersten voll. Freitagabends sah man hier alles: vom Europabeamten im gebügelten Anzug bis zum Schlosser im Blaumann. Friedlich vereint standen sie an der Theke, um das Wochenende zu begrüßen.
Unter der Woche waren es hauptsächlich die Belgier, die sich im Chaplin trafen, um morgens ihre Zeitung zu lesen, nachmittags ein Schwätzchen zu halten oder abends den Feierabend einzuläuten – was mitunter bis mitten in die Nacht dauern konnte. Doch am Freitag war das Publikum bunt gemischt. Die Marktbesucher mit ihren gefüllten Plastiktüten saßen draußen auf der Terrasse und ließen den Tag ausklingen. Die Stammgäste saßen lieber an der Theke.
Auch Julie hatte Dienstschluss. Erleichtert setzte sie sich zu ihrer Freundin Véronique, um sich der

Wochenendfreude anzuschließen. „Zwei Bier, bitte. Geht auf mich."
Gegen zehn Uhr würde „Le Patron" die Discokugel einschalten und die Musik lauter drehen. Dem Blumenhändler war das egal. Er tanzte schon um acht. Jeden Freitag, nachdem er seinen fahrbaren Blumenladen geschlossen hatte, kam er hierher, um zu tanzen. Und meistens dauerte es nicht lange, bis er die Umstehenden animiert hatte, ebenfalls das Tanzbein zu schwingen. Und die Stimmung war heiter und gelassen.
So waren die Belgier. Sie brauchten keine Disco. Sie machten sich einfach eine.

„Schnell, schnell, schnell. Schuhe an, Jacke an und ab ins Auto." Sabine war mit ihrer Familie auf dem Weg zum Nos Pilifs, einem Bauernhof im Norden Brüssels, bewirtschaftet unter Mithilfe von Behinderten, mit einem Restaurant, Bioladen, Spielplatz und Waldgelände, das die Besucher zum Spazierengehen einlud. Mit dem Auto brauchten sie zwanzig Minuten bis in den Norden Brüssels. Kurz hinter dem Kanal hatte Sabine immer das Gefühl, sich in der Einöde zu befinden: schmale Straßen, Wiesen und Felder so weit das Auge reichte. Für die Kinder war es herrlich. Hier gab es Hühner, Enten, Gänse, Ziegen und Schafe, Pferde,

Esel und Kühe, Hasen und Meerschweinchen. Die Krönung war ein Pony, auf dem man eine Runde durch die Anlage drehen konnte. Nos Pilifs bot den Stadtkindern die großartige Möglichkeit, in Kontakt mit Tieren zu kommen.

Da Daniel wusste, dass für Sabine die Tiere einfach nur Tiere waren (also nichts Besonderes), da sie auf einem Bauernhof groß geworden war, hatte er ihr angeboten, es sich doch auf der Terrasse des Cafés gemütlich zu machen. Die Sonne schien, es war für die Jahreszeit ungewöhnlich warm.

Sabine war entzückt über dieses großzügige Angebot und zog „Deutsche unter Belgiern“, eine Sammlung von Reportagen, erzählt von Rosine de Dijn, die gerade im ostbelgischen Grenz-Echo-Verlag erschienen war, aus der Handtasche.

Sie wählte einen Tisch in der Sonne, suchte die Sonnenbrille aus der Tasche und überflog das Inhaltsverzeichnis. Die Wahl fiel ihr leicht: Jochen Bittner „Eine Reise durch Absurdistan“. Der Brüsseler Zeit-Korrespondent schlussfolgerte seinen Bericht mit den Worten: „Ich habe noch nie an die ‚Schöne Ecken-Theorie‘ geglaubt. Sie ist der Trost der Menschen, die in hässlichen Städten leben müssen. Um das Grauen erträglich zu halten, mit dem ihre Umgebung sie täglich konfrontiert, reden sie sich ein, dass es hier und da ‚auch schöne Ecken‘ gebe.“ Auch ihm wird auf der Suche nach den positiven Aspekten des Brüssler Lebens von einem Bekannten eine „schöne Ecke“ empfohlen: er wird ans Meer geschickt, (ist es doch nur 100 Kilometer entfernt). Trotz seiner Skepsis macht Bittner sich auf den Weg nach Knokke, ein Touristenstädtchen mit einer, laut Bittner, „drei Kilometer langen Vorhölle (manche sagen: Shoppingboulevard)“. „Die Geschmäcker sind eben verschieden“, ging es Sabine durch den Sinn, doch sie las weiter. Der letzte Satz – Rosine De Dijns Fazit: „Jochen Bittner bleibt noch eine Weile in Brüssel im Dienste seiner Zeitung. Mit Schutzweste.“

Sabine zog die Stirn kraus. Irgendetwas musste hier bei Bittner falsch gelaufen sein. Vielleicht hielt er sich einfach in den falschen Kreisen auf. EU-Beamte hin oder her, auch Daniel war einer von ihnen, doch wenn Sabine sich umsah, na ja, sie saß im Café, aber wenn sie sich einfach 500 Meter weiter dachte, stände sie mitten im Wald. Und das nur zehn Autominuten vom Brüsseler Zentrum entfernt.

Vielleicht sollte sie Kontakt zu Bittner aufnehmen – er tat ihr wirklich leid – und ihm die Reiseführer „Bruxelles au calme“ oder „Bruxelles Itinéraires“ empfehlen. Denn dort würde er ein „paar schöne Ecken“ finden, die vielleicht auch ihm Spaß machten, sie zu entdecken ...

Natürlich würde sie das nicht tun. Aber man konnte ja mal tagträumen.

Jazz-Marathon. Das hieß jedes Jahr im Mai drei Tage lang die Möglichkeit zu haben, auf verschiedenen Plätzen der Stadt, in noch mehr Cafés, Bars und Clubs gratis und live Jazz, Latino, Funk, Rock und Blues zu hören. 700 Musiker waren angesagt. Jack war dem Jazz gegenüber eigentlich eher neutral, aber Live-Konzerte waren etwas ganz anderes. Hier ging es nicht nur um Musik. Hier ging es um das Gefühl, mitten im Geschehen zu sein, um das Sehen und natürlich auch um das Gesehenwerden. Er überlegte gerade, mit welchem Konzert er anfangen sollte, als es an seiner Tür klingelte. Sein Freund Keith von der belgischen BBC-Vertretung, der gekommen war, um Jack abzuholen. Es war noch früh am Tag. 14.00 Uhr und der strahlendste Sonnenschein. Die beiden Journalisten entschieden, auf dem Place Ste. Cathérine (sozusagen vor Jacks Haustür) anzufangen, um dann über den Grand Place bis zum Place du Grand Sablon weiterzuziehen.
Im Frühjahr und Sommer konnte man sich nicht über das Brüssler Festival-Angebot beschweren. Neben dem Jazz-Marathon gab es unter anderem noch die Fête de l'Iris (die Iris war das Wahrzeichen

der Stadt Brüssel), die Fête de la Musique, die Fête de l'Environnement (dem Umweltschutz zuliebe), diverse Filmfestivals, die Foire du Midi (Europas größte Kirmes) und die Euroferia (eine andalusische Fiesta) am Atomium nicht zu vergessen.
Der Platz vor der Kirche war noch relativ leer. Ein paar Kinder sprangen auf der Tanzfläche herum und die Eltern genossen ihr Blanche (belgisches Weizenbier). An diesem Wochenende bot sich ihnen die Gelegenheit, ihren Kindern ein wenig Stadtkultur nahe zu bringen und nebenbei noch selbst auf ihre Kosten zu kommen.
Jack und Keith stellten sich in die erste Reihe, ein Stück von der Bühne entfernt, um den tanzenden Kindern nicht im Wege zu stehen. Auch sie fügten sich dem nachmittäglichen Blanche-Trend und bemerkten kaum, wie sie im Laufe des Nachmittages immer tanzfreudiger wurden: Erst war es nur die große Zehe, die im Takt mitwippte, dann der ganze Fuß, dann noch die Hüfte und Keith schaffte es sogar schon am späten Nachmittag Luftgitarre zu spielen.
Den Grand Sablon erreichten sie gegen 20.00 Uhr. Der Platz, im 17. und 18. Jahrhundert vom Adel der Stadt erbaut und heute ganz in der Hand von Antiquitäten-, Modegeschäften und Cafés, erinnerte Jack an den Markttagen Samstag und Sonntag mit seinen Antiquitätenständen immer an den

Montmartre. Hier feilschten die Händler, suchte die High Society nach einem Ausstellungsstück für das heimische Museum und die Verliebten saßen in den Cafés.
Der Platz war zum Bersten voll. Genauso Jack und Keith. Jack tunkte einen Finger in sein Bier und leckte ihn ab. „Das Bier ist warm."
„Dann musst du es schneller trinken."
Jack tauchte noch einmal den Finger ein und zeichnete Bierkreise auf die Oberfläche seines Getränkes. „Außerdem hat es keine Kohlensäure."
„Mehr. Es hat keine Kohlensäure mehr, weil es abgestanden ist."
„Und alle Frauen sind in Begleitung."
„Nur die, die dir gut gefallen."
„Besserwisser. Ich geh nach Hause." Mit den Worten ließ Jack seinen Freund stehen und schob die vielen dampfenden Körper auseinander, um sich einen Durchgang zu schaffen. Wieso bildete Keith sich ein, zu wissen, wer Jack hier gefiel und wer nicht?

Der Mai war Cecilias Lieblingsmonat. Die Blumen blühten in allen Farben in ihrem Garten. Und wenn der Garten auch nicht besonders groß war, so machte er doch genug Arbeit. Aber Cecilia ging förmlich darin auf.

Aber für dieses Wochenende würde sie sich verabschieden von Brüssel. Sie würde mit Helena, ihrer Ältesten, einen Einkaufsbummel in Paris machen. Mit dem Thalys war man in eineinhalb Stunden am Gare du Nord. Ben war auf Dienstreise und Dan war über das Wochenende bei seiner Schwester Audrey untergebracht.

Cecilia und Helena saßen im Thalys, die Einkaufstüten zu ihren Füßen. Sie waren müde und die Beine taten ihnen weh. Am Samstag waren sie den ganzen Tag von einer Boutique in die andere gelaufen. Am Sonntag hatten sie das Rodin-Museum besucht. Leider hatte es den ganzen Tag geregnet und sie hatten die Außenanlagen gar nicht genießen können.

Noch eine Viertelstunde und sie würden in Brüssel ankommen. Es regnete auch hier. Dabei hatten sie die europäische Hauptstadt doch nur vor einem Tag bei Sonnenschein verlassen. Aber das belgische Wetter im Mai war genauso wechselhaft wie das belgische Wetter im April. Da klingelte Cecilias Telefon. „Hallo Ben. Wir sind gleich da. Noch eine Viertelstunde."

„Ja. Hmm. Ja, ich wollte nur sagen, uns geht es gut."

„Wie bitte?"

„Ja, mach dir keine Sorgen. Wenn du nach Hause

kommst. Es geht uns gut."
Nackte Panik kroch Cecilia den Rücken hinauf. Jedes einzelne Härchen stellte sich ihr zu Berge.
„Es muss doch was passiert sein, ansonsten würdest du mir nicht sagen, ich solle mir keine Sorgen machen."
„Ja. Es ist was passiert. Aber uns geht es gut." Ben schien völlig verstört zu sein. Anscheinend klammerte er sich an diesen einen Satz, um aufrecht bleiben zu können.
„Ben. Jetzt rück raus mit der Sprache. Was ist passiert?"
„Eine Leiche ... Bei uns im Garten liegt ein Toter. Ich habe schon die Polizei gerufen." Und dann brach Ben in Tränen aus.
Er würde sie also nicht vom Bahnhof abholen, weil er auf die Polizei wartete.

Cecilia und Helena sprangen aus dem Taxi. Die Straße war gesperrt. Sie mussten die restlichen 500 Meter zu Fuß laufen. Und das mit all dem Gepäck. Eigentlich hatte sie Helena zu sich nach Hause schicken wollen, aber sie hatte sich nicht abwimmeln lassen. Jetzt war Cecilia froh über ihre Anwesenheit.
„Nein, Sie können hier jetzt nicht durch!"
Die Polizei war gewissenhaft. „Ich wohne hier." Cecilia zückte ihren Ausweis. Es dauerte eine

Weile, bis der Beamte ihren Ausweis begutachtet hatte. Ob er ihre Ausweisnummer auswendig lernen wollte? Endlich gab er ihn zurück: „Ok, ihr Mann sitzt im Restaurant an der Ecke. Gehen Sie dorthin. In das Haus können Sie nicht."
Ben stocherte lustlos in seiner Pasta herum. Warum hatte er nur etwas zu essen bestellt? Er würde sowieso keinen Bissen hinunter bekommen. Da erschienen Cecilia und Helena auf der Bildfläche. Nun würde er zum wiederholten Male erzählen müssen, was geschehen war. Der Tote im Garten. Blau. Weiß. Grotesk. Nackt. Die Kleidung im Garten verteilt. Die Polizei. Ja. Die Polizei war noch an dem Fall dran. Mord? Gab es einen Kampf im Garten? Warum lag die Kleidung überall herum. Antworten auf diese Fragen würde es später geben.

Es klingelte an der Haustür. Ben öffnete. Es waren Herr Tandon, der Vater des Toten, und seine Tochter. Cecilia hatte die beiden einladen müssen. Kein bestimmter Grund. Nur ein Gefühl. Vielleicht bekämen sie so die Möglichkeit, ihren Sohn und Bruder besser zu verstehen. Falls es da irgendwas zu verstehen gab.
Der Tote war der 20-jährige Shams Tandon. Es war Selbstmord. Er hatte in dem Hochhaus zur rechten Seite des Gartens gewohnt. Sein Küchenfenster

gab den Blick auf Cecilias Garten frei. Also wusste er, wohin er springen wollte, als er zum letzten Mal auf das Dach stieg. Unten angekommen, muss er noch gelebt, aber keine Luft mehr bekommen und sich im Todeskampf die Kleidung vom Leib gerissen haben. Ein Schritt zurück und er war in Cecilias kleinen Tümpel gefallen. Genickbruch. Der Garten ein Desaster.

Die Polizei hatte den Toten untersucht und dann abgeholt.

Cecilia hatte den Garten gereinigt und einen neuen Steinkreis errichtet. Es gab keine Anzeichen mehr von all den Geschehnissen. Es war wieder Cecilias Garten. Blumig und hell.

Sie hatte eine Kaffeetafel gedeckt und reichte jedem ein Stück von ihrer selbstgebackenen Torta al limone. Aber ein jeder rührte nur in seiner Kaffeetasse. Es herrschte Stille, solange bis Halima das Wort ergriff: „Mein Bruder war immer auf der Suche nach dem Tor zu einer anderen Welt. Und jeden Tag hat er an unserem Küchenfenster gestanden und von oben in Ihren Garten geschaut. Anscheinend hat er in Ihrem Steinkreis sein Tor gefunden."

Herr Tandon schien das Bedürfnis zu haben, die Worte seiner Tochter zu erklären: „Unser Sohn war schizophren."

Cecilia und Ben wussten nicht, was sie darauf

entgegnen sollten. Plötzlich durchschnitt die scharfe Stimme des Vaters das Schweigen: „Warum? Warum haben Sie auch einen Steinkreis in ihren Garten gelegt?"
Cecilia räusperte sich: „Die Sonne ... also, für mich symbolisiert der Steinkreis die Sonne ... also, ich wollte mir einfach nur die Sonne in meinen Garten holen ... Ganz einfach ... die Sonne."
Dem Vater entglitten alle Gesichtszüge. „Sein Name war Shams. Das ist arabisch und bedeutet Sonne."

Cecilia saß noch immer reglos auf ihrem Stuhl an der gedeckten Kaffeetafel. Ihr Mann hatte die trauernde Familie hinausbegleitet. Cecilia war zu keinem Schritt mehr fähig gewesen. So hatte sie das nicht gemeint, als sie sagte, sie habe sich die Sonne in den Garten holen wollen. Sie hatte nicht Shams, die Sonne, den Jungen in ihren Garten locken wollen, und schon gar nicht den Tod. Der war ihr alles andere als willkommen. Was sie gewollt hatte war ihre Sonne, ihr sole, soleil, sol, sun ... Die Wärme und Helligkeit, die Freundlichkeit und die Liebe. Noch immer nahm sie die Energien des Todes in ihrem Garten wahr. Sie musste etwas tun. Wie von der Tarantel gestochen sprang sie auf. Der Stuhl fiel um. Sie ließ ihn liegen, rannte ins Treppenhaus, schnappte sich ihre Tasche, die wie immer griffbereit über dem Geländer hing, und hastete die fünf Treppenstufen zur Haustür hinunter. Die Tür fiel hinter ihr ins Schloss. Draußen hörte sie noch ein „Cecilia! Wohin?" Aber Ben war ihr jetzt egal. In einer halben Stunde wäre sie zurück.

Sie eilte zu ihrem Lieblingsfloristen Fleurs de Châtelain, nur drei Parallelstraßen von ihrer eigenen Wohnung entfernt. Ihrer Meinung nach machte er die schönsten Sträuße von ganz Brüssel. Deswegen liebte sie auch das Quartier Louise so sehr: einfach, weil man alles „sur place" fand.

Ohne die anderen Blumen eines Blickes zu würdigen ging Cecilia zum Comptoir: „Ich brauche zwanzig weiße Rosen!"

Die Floristin schien nicht überrascht zu sein. Warum auch? Sie wusste ja nicht, dass die Rosen den gleichen Weg wie der Tote nehmen sollten.

„Sofort. Einen kleinen Moment."

Cecilia wollte wieder Liebe in ihren Garten bringen. Weiße Rosen. Rosen für die Liebe, weiß für die Unschuld. Sie konnte schließlich nichts dafür, dass Shams sich ihren Garten ausgesucht hatte. Wäre er zur anderen Seite gesprungen, wäre er mitten auf der Straße gelandet. Da hätte man ihn vielleicht schneller gefunden, aber wenn sie an Shams Stelle gewesen wäre, hätte sie auch ihren Garten gewählt ... So ein Quatsch. Was ging ihr da nur für ein Unsinn durch den Kopf. Sie hätte überhaupt nicht ihren Garten gewählt, sondern sie hätte sich umgedreht und hätte die Treppe zurück genommen. Sie hätte das Leben gewählt. Aber Shams hatte einen anderen Weg genommen. Wahrscheinlich den für ihn einzig richtigen.

Die Haustür des Hochhauses war geschlossen. Cecilia wollte die Trauernden nicht belästigen, also klingelte sie bei dem Mieter ganz unten. Rodriguez stand auf dem Schild. Jeder im Haus wusste, dass Shams Tandon sich das Leben genommen hatte. Wenn sie dem Spanier erklärte, was sie vorhatte, würde er ihr bestimmt keine Steine in den Weg legen.

Cecilia stand auf dem Dach und blickte in ihren Garten. Hoch war es. Ihr war unheimlich zumute. Ihr Steinkreis sah von oben wirklich aus wie ein Tor. Schreckliche Vorstellung, hier runter springen zu müssen. Sie konzentrierte sich auf ihre Rosen. Gab jeder Blüte einen Kuss. Liebe. Sie brauchte Liebe in ihrem Garten. Außerdem meinte sie gelesen zu haben, dass die Rose im Islam ein heiliges Symbol war. Der Junge war Moslem gewesen. Also würden auch Shams die Rosen, wenn sie denn durch das gleiche Tor bei ihm ankommen würden, eine Freude machen. Und dann warf sie den Strauß in einem hohen Bogen – „wie ein

Brautstrauß" schoss es ihr durch den Kopf - in ihren Garten. Er landete mitten im Steinkreis.

Julie hatte es geschafft, nach Dienstschluss nicht an der Bar sitzen zu bleiben, sondern saß nun in ihrem Ohrensessel vor dem Fernseher. Piwi wärmte ihr die Füße. Die Fernbedienung in der Hand, zappte sie sich durch die Kanäle. Da hatte sie nun 40 Kanäle zur Auswahl und es kam nichts, was sie interessierte. Dabei brauchte sie dringend einen Film. Einfach, um ihren Geist in eine andere Richtung zu bewegen. Die einzigen Gedanken, die ihr Gehirn momentan fähig war zu produzieren, waren solche: Wie kann ich mich selbstständig machen? Wann kann ich das Chaplin verlassen? Noch zwei Jahre bis zur Pension. Ja, aber was dann? Würde sie mit 1000 Euro Rente monatlich auskommen? Dann war da Robert. Klein, untersetzt, ein rundes freundliches Gesicht mit einer beim Lachen auffallenden Zahnlücke zwischen den Schneidezähnen und zehn Jahre älter als Julie. Vor 35 Jahren waren sie Nachbarn gewesen und hatten sich nun durch einen Zufall in der Metro wiedergetroffen. Robert war Feuer und Flamme für Julie. Er lud sie zum Essen ein, bestellte Champagner, machte sogar einen Einkaufsbummel mit ihr. 200 Euro für Unterwäsche war sie ihm wert. Und das, obwohl gar nichts lief. Robert war ja nun wirklich nett, aber sie wollte sich lieber nicht vorstellen, wovon sie meinte, dass er träumte. Sie musste mit ihm reden. Aber wer vergrämt schon gern jemanden, der so spendabel war. Außerdem immer wieder der Gedanke, dass sie sich gar nichts mehr leisten könnte, wenn sie in Rente wäre ... Wo war nur der Knopf, an dem man das Gehirn für eine Zeitlang ausstellen konnte? Sie musste raus. Kino vielleicht? Ja, das war es. Sie würde ins Arenberg gehen – ein Programmkino in der Galerie St. Hubert.

Sie stieg aus dem 63er Bus, der direkt vor der Galerie hielt. Die Galeries Royales Saint-Hubert (de la Reine und du Roi) waren ein Mikrokosmos an Eleganz, Pracht und Erhabenheit mit Art-Nouveau-Dekor an den Decken (das Glaskuppeldach deutet auf die italienische Renaissance hin), Wänden und Fußboden. Neben den Restaurants, luden die arkadenförmigen Schaufenster der Luxus-Souvenirläden, Designer, Lederwarengeschäfte, Juweliere und Pralinerien zum Kaufen ein.
All das nahm Julie gar nicht mehr wahr. Erstens kannte sie die Galerien seit ihrer Kindheit und empfand es schon als normal, dass sie so waren wie sie waren und zweitens musste sie sich sputen, da die 20.30-Uhr-Vorstellung wahrscheinlich schon angefangen hatte. Aber das war ihr egal.

„Tomboy" hieß der Film. Eine Geschichte zweier Kinder und derer ersten Liebe. Julie hoffte auf einen seichten Film, in den sie voll und ganz einsteigen konnte, um den Kopf frei zu bekommen.

Eineinhalb Stunden später. Zufrieden verließ Julie das Kino. Nicht nur, dass sie hatte abschalten können. Nein, der Film hatte ihr zudem auch noch gut gefallen. In völlig relaxtem Zustand schlenderte sie Richtung Grand Place.

Umgeben von einer barocken Fassadenfront mit einem gotischen Rathaus gehörte der Platz seit 1998 zum Weltkulturerbe.

Im Pfälzischen Erbfolgekrieg war der Grand Place 1695 bis auf das Rathaus und das Königshaus von französischen Truppen im Auftrag von Louis XIV komplett zerstört worden. So gab ihm die rasche Neubebauung in den folgenden fünf Jahren seinen einheitlichen Baustil, wobei sich die kunstvoll gestalteten Giebel am italienischen Barock orientieren. Dem Rathaus direkt gegenüber lag das Maison du Roi. Die Gebäude verkörperten auf der einen Seite die städtische, auf der anderen Seite die königliche Macht. Es war ein magischer – alchemistischer - Platz. Die linke Seite mit dem Rathaus zählte zwölf Bögen, die die nassen Arbeitsweisen (mit Lösungen) der Alchemie in ihren zwölf Etappen repräsentierten, während die rechte Seite mit

dem Königshaus sieben Bögen innehatte, die die trockenen Vorgehensweisen der Alchemie (Transformation durch Benutzung fester Kristalle) in sieben Etappen widerspiegelten. Erzengel Michael auf der Spitze des Rathauses war der Schutzengel der Stadt. Insgesamt führten sieben kleine Gassen zum Marktplatz. An der einen Seite des Platzes gab es sieben Hausnummern, an der anderen zwölf. An den Häuserfassaden prunkten Skulpturen und Golddekorationen. Wer wünschte sich wohl nicht, dass die Alchemisten die Formel fänden, Metall in Gold umzuwandeln? Auf der Suche nach dem Stein der Weisen konnte hier manch ein Interessierter Hinweise finden.
Nicht so Julie. Ungewöhnlichen Gelüsten auf eine Tasse Schokolade folgend, steuerte sie zum Hotel Metropole: ein majestätisches Gebäude in einem Mix aus verschiedenen Stilrichtungen wie Französische Renaissance, Jugendstil, Art Deco und Moderne am Place de Brouckère, unweit vom Grand Place entfernt.

Am liebsten saß Julie auf der beheizten Terrasse, aber sie hatte sich vorgenommen, mit der Raucherei aufzuhören und auf der Terrasse saßen nun einmal die Raucher. Also entschied sie sich für einen Chocolat chaud im Inneren des Cafés. 5,50 Euro war ein stolzer Preis für eine Tasse Kakao, aber

hier zahlte man eben für die Atmosphäre.
Wenn Julie auch kein Interesse an der Alchemie hatte, so wusste sie dennoch das Schöne und Herzerwärmende, das diese Stadt zu bieten hatte (wie zum Beispiel eine Tasse Kakao im Metropole) zu schätzen. Dunkelbraun und süß floss die heiße Schokolade ihre Kehle hinunter, wärmte unten angekommen ihren Magen und ihre Seele.

Sabine klappte ihr Netbook auf. Ende Mai sollten die Gewinner des Wettbewerbes bekannt gegeben werden. Sie hatte diese Woche bestimmt sieben Mal am Tag die Webseite der Kinderzeitschrift Gecko gecheckt, um zu sehen, ob es vielleicht Veränderungen gab und die Sieger bekannt gegeben wurden. Und ja! Es war so weit. Gecko gab die drei Sieger bekannt, deren Geschichten in der nächsten Ausgabe zu lesen sein würden. Sabine war nicht dabei. „Macht nichts“, murmelte sie. „Versager!“, fühlte sie und musste schlucken. Dies war ein klarer Fall für Turnschuhe an und raus. Doch ihr fehlte die Energie zum Laufen. Dennoch schaffte sie es, das Haus zu verlassen.
Auf der Suche nach ein wenig Schönheit, um ihre gute Laune wiederzufinden und ihrem kreativen Geist Futter für etwas Neues zu geben, schlenderte Sabine durch die Straßen. Doch die Häuser

schienen heute nur ihre graue und düstere Stimmung widerzuspiegeln. Wieso war Brüssel an manchen Plätzen nur so hässlich? Da gab es die wunderschönsten Jugendstilhäuser und direkt darangeklatscht ragten graue Monster – sprich mehrstöckige Mietshäuser - in die Luft. Grau und klobig, grau und trist, grau und hässlich, grau und komplett verglast ... Doch halt. Ein Gedanke: Verglast. Sie ging noch mal zurück. Ihr Blick fiel auf die Glasflächen der Wohnkästen. Keine schönen Fenster, nein. Aber dennoch: eine Spiegelung. Und das war es: Der Lichtblick.

War es das, was die Architekten verfolgten? Wollten sie des Betrachters Neugier wecken? Auf einmal war es Sabine möglich, ein ganz anderes Brüssel kennenzulernen. Ein Brüssel aus einer anderen Welt. Aus der Spiegelwelt. Wolken zogen vorbei. Äste wehten im Wind. Ein Fenster spiegelte sich im nächsten. Bis in die Unendlichkeit. Alles war möglich. Sabine hatte nur die Scheuklappen abnehmen müssen. Und so lief sie weiter, ihrer neuen Idee folgend. Denn, wenn alles möglich war, konnte sie auch ihre Geschichte an den Mann beziehungsweise an den Verlag bringen.

Was bedeutete es schon, nicht die Erste bei einem Wettbewerb zu sein? Die Jury hatte einfach einen anderen Geschmack als Sabine. Ihre Geschichte war gut. Davon war sie überzeugt. Und so kehrte sie um, zurück nach Hause. Sie würde einen Verlag finden. Da war sie sich auf einmal sicher.

Heißes Wasser floss über Sabine Kopf, Schultern und Körper. Nebelschwaden hüllten sie ein. Ein wunderbares Gefühl. Doch dieses sollte nicht lange anhalten. Als sie aus der Dusche stieg und auf die Uhr sah, lief es ihr kalt den Rücken hinunter. 15.10 Uhr. In zehn Minuten musste sie das Haus verlassen, um die Kinder abzuholen. Sie liebte die Kinder über alles, aber ihr Kopf war gerade ganz woanders. Lieber hätte Sabine sich jetzt im Internet vergraben, auf der Suche nach Verlagen. Aber davon würden die lieben Kleinen nicht satt werden. Denn gekocht hatte sie auch noch nichts. Die Kinder aßen zu Mittag ihr Schulbrot, ihr „Dîner Tartine“, und so sollten sie wenigstens abends etwas Warmes haben. Es war ein Jammer, dass ihr Einfallsreichtum kein Geld einbrachte. Dann hätte sie es wenigstens rechtfertigen können, dass sie die Hauspflichten täglich mehr vernachlässigte. Aber so? Schwamm drüber. Erstens war es noch nicht aller Tage Abend und zweitens sollte sie sich jetzt ein wenig sputen – auch wenn die Kinder theoretisch bis 17.00 Uhr in der Garderie (die Kinderbetreuung nach der Schule für arbeitende Eltern) bleiben konnten. Aber das hätte sie weder vor Daniel, noch vor den Kindern und am wenigsten vor sich selbst vertreten können.

In Irland fühlte Jack sich immer gut beraten von den Verkäufern und Verkäuferinnen. Nicht aufdringlich und dennoch immer hilfsbereit, und irgendwie verließ man ein Geschäft nie, ohne irgendetwas gekauft zu haben. Man sagte den Iren nicht zu unrecht nach, dass bei einem Einkauf mindestens drei Verkäufer dafür sorgten, dass man etwas kaufe. In Belgien war es genau andersherum: Mindestens drei Angestellte sorgten hier dafür, dass man nichts kaufte – einfach aus dem Grund, weil einem irgendwann die Lust verging, zu warten. Denn das war es, was man hier gut können musste. Warten.
Jack stand mit seinem frisch belegten Brötchen aus der Sandwich-Bar im Delhaize, der größten belgischen Supermarkt-Kette. Dummerweise hatte er seine Kundenkarte für den Scanner vergessen (die Kunden konnten damit ihre Produkte selbst scannen und brauchten an der Kasse sozusagen nur noch die fertige Rechnung abzuliefern – natürlich gab es Stichprobenkontrollen), folglich musste er sich an die Schlange der normalen Kasse anstellen. Und dass die Kassiererinnen ihrerseits beim Scannen nicht einschliefen, war wirklich erstaunlich. Jack wunderte sich, wie sie es schafften, sich

in diesem Zeitlupentempo zu bewegen. Er wurde zunehmend ungeduldiger. Die Ergebnisse des 10-Uhr-Meetings würden ihm in fünf Minuten durchgegeben werden. Er hatte doch nur schnell etwas zu essen besorgen wollen, um nicht noch mal das Büro verlassen zu müssen. Unglaublich, zu welcher Seelenruhe diese Belgier fähig waren. Nie wieder würde er seine Kundenkarte fürs Selfscanning vergessen.
Und was dann geschah, ließ Jack komplett aus der Haut fahren. Kassiererinnen-Wechsel. Auf einmal erschien eine rotbeschürzte Dame mit einer Kasse unter dem Arm neben „seiner“ Kassiererin. Doch anstatt einen flotten Wechsel von statten zu bekommen, erzählte sie anscheinend noch die Ereignisse vom letzten Wochenende. Diese Unterhaltung schien die ebenfalls rotbeschürzte und noch immer sitzende Kassiererin so in den Bann zu ziehen, dass sie nicht mehr in der Lage war, die Produkte von Jacks Vordermann über das Band zu ziehen. Reglos saß sie auf ihrem Drehstuhl und es passierte gar nichts. Aber Jack hatte keine Zeit mehr.
Er nahm sein Sandwich, quetsche sich an seinem Vordermann vorbei und knallte das Brot aufs Band. „Essen sie es selbst. Wenn sie Glück haben, bringt Ihnen noch jemand einen Kaffee.“ Und weg war er. Das Einzige, was ihm folgte, waren

erstaunte Blicke. Dann tauschten die Frauen gemütlich ihre Plätze und gingen weiterhin ihrer Arbeit nach. Sie arbeiteten ja schließlich in einem Supermarkt und nicht in der Notaufnahme eines Krankenhauses.

Cecilia saß auf dem Mezzanin des franko-belgischen Restaurants Le Malte, gelegen in einem antik eingerichteten (von der Tapete über die Möbel bis zum Kerzenständer) Jahrhundertwendehaus in der Avenue Berckmans und spielte mit ihrem Ehering. Sie konnte ihre Hände nicht stillhalten, die Nerven lagen blank. Warum hatte sie sich nur dazu hinreißen lassen, sich mit Julien zu verabreden? Und dann hatte er auch noch einen Tisch auf dem Mezzanin reserviert – bevorzugt von Pärchen für romantische Abende. Ben war an allem Schuld. Wenn Ben sie nicht ignorieren würde, hätte sie dieses Treffen nicht nötig gehabt. Aber sie wollte unbedingt einmal wieder als Frau gesehen werden und nicht nur als Fußabstreifer.

„Hi Darling.“ Da stand er wieder vor ihr: groß, stattlich, mit einem gewinnenden Lächeln auf den Lippen und diesen unbeschreiblichen hellblauen Augen. Und da fiel es Cecilia wie Schuppen von den Augen: Er war genau wie Ben. Das war es, was sie so sehr angezogen hatte. Er sah sie an, wie Ben

sie früher angesehen hatte und sprach sie an, wie Ben es auch tat. Aber mit ihm war sie doch nicht verheiratet. War das denn nicht ein bisschen übertrieben, sie direkt mit „Darling“ anzusprechen?
„Hi Julien.“ Nein. Diesmal würde sie ihren Ehering nicht abnehmen.
„Champagner?“ Ohne Cecilias Antwort abzuwarten bestellte er. „Du hast mir so gefehlt.“
„Wie bitte?“ Ein ungläubiges Lächeln malte sich auf Cecilias Lippen. Natürlich waren das die Worte, die sie so lange vermisst hatte, aber Julien war doch immer noch ein Fremder für sie. „Vorsicht. Nicht übertreiben, bitte.“
„Ich hatte mich jedenfalls sehr auf den Abend gefreut.“
Na bitte, es ging doch.
Zweieinhalb Stunden und zweieinhalb Flaschen Rotwein später brach Cecilia in Tränen aus. Sie hatten ein wundervolles Gespräch gehabt, das Essen war hervorragend, der Wein noch mehr, die Kellner zurückhaltend und dennoch immer präsent und die Atmosphäre wirklich sehr romantisch. Aber genau das war es, was Cecilia zum Schluchzen brachte. Sie hatte einen wundervollen Abend. Sie fühlte sich ganz Frau. Sie hatten viel gelacht. Und dann spielten sie „Think Twice“ von Celine Dion. Das Lied, das in den Charts ganz oben war, als sie Ben kennengelernt hatte und welches

für sie heute fast zur Realität geworden war: Ben war dabei, ihr die Tür vor der Nase zuzuschlagen. Und das war etwas, was sie nicht wollte. Wieso saß sie hier also mit Julien? Sie trocknete die Tränen ab und sah Julien an. „Vielen Dank für den wunderschönen Abend. Noch einmal mehr habe ich festgestellt, wie sehr ich meinen Mann liebe.“ Sie stand auf und ging.

Julie hatte eine Einladung ins Théâtre National – einer ihrer Stammgäste hatte an einem Gewinnspiel teilgenommen und zwei Eintrittskarten gewonnen. Erst als sie die Karte entgegennahm, wurde ihr bewusst, dass sie jetzt schon 47 Jahre in Brüssel wohnte und noch nie im Théâtre National gewesen war.

Sie fuhr mit dem Bus in die Stadt. Der 61er brachte sie zum Place Rogier, von dort aus waren es nur noch einige Meter über den Boulevard Emile Jacqemain an Beate Uhse und anderen Etablissements vorbei.

Sie fühlte sich etwas verloren, als sie die schwere schwarz gestrichene Tür zum Theater aufmachte, ein Gebäude zwischen den anderen, das nur durch die Plakate an seinen Fenstern und Wänden als Theater zu erkennen war. Julie hatte sich mit Paul im Theater-Café verabredet. Dazu musste sie an der Theaterkasse vorbei und die Treppenstufen hinauf. Hier lud eine Bar mit Selbstbedienung und Ledersitzgruppen, Sesseln und Canapés dazu ein, die Wartezeit in einen Moment der Vorfreude zu verwandeln.

Paul war spät und das Ballett schien schon angefangen zu haben, als sie sich in die erste Reihe setzten. „Gute Plätze für ein gewonnenes Ticket“, schoss es Julie durch den Kopf. Aber warum war das Licht noch an, wenn das Stück schon angefangen hatte? Eine grau angestrichene Frau lief im Ballettschritt kreuz und quer über die Bühne. Und immer mehr Zuschauer strömten zu ihren Sitzen, doch die Graue lief unbeirrt weiter. Dann ging das Licht aus und Julie nahm nur noch das Parfum ihres Nachbarn war, der gerade dabei war, sich zu ihrer Linken zu setzen. Die Artisten kamen auf die Bühne. Eine Frau, nicht mehr die Jüngste, mit einer Hochsteckfrisur und langem Kleid hieß das Publikum mit einem „Step inside“ willkommen. Hinzu kam ein gepflegt aussehender weißhaariger Mann, der in ein Megaphon sprach. Disharmonische Klaviermusik begleitet die nun endlich erschienenen Balletttänzer, die aber nur Grundübungen für die Arme ausführten. Julie näherte sich Pauls Ohr: „Was soll das?“

„‚Artifact‘. Das ist doch ‚Artifact‘ von Forsythe.“

„Ja. Das sagtest du.“ Hatte Julie einen Fehler

begangen, sich nicht über das Stück zu informieren?

„Er hat 1984 das Ballett total auf den Kopf gestellt mit der ersten Aufführung des Stückes."

„Das kann ich mir vorstellen." Julie hoffte nur, dass sie irgendwann auch einmal anfangen würden zu tanzen.

Und das war dann auch tatsächlich so. Aber genau in diesem Moment fing ihr wohlriechender Nachbar an zu schimpfen. Anscheinend auf Deutsch. Und plötzlich schoss sein kahl geschorener Kopf vor ihre Nase. Und sie verstand plötzlich seinen Zorn. Der Arme sah nichts. Die Tänzer hatten sich auf der linken Hälfte der Bühne posiert und zwar genau so, dass die Leute auf den Plätzen ganz links von der Darbietung nichts mehr sahen. Wahrscheinlich verlosten sie deswegen Karten: die Zuschauer konnten sich mit einem geschenkten Eintritt wohl kaum beschweren. Außerdem tat die Musik in den Ohren weh und die beiden Schauspieler erzählten (zwar unter Einhaltung der rhythmischen Klänge) unzusammenhängendes oder unlogisches Zeug „I think I saw, I saw what I think" oder „I remember what I didn't think." Bis zur Pause versuchte Julie sich auf die Tänzer zu konzentrieren.

Das Licht ging an und sie sah ihren unbekannten Platznachbarn fragend an. Der reagierte sofort.

„Ja, was haben Sie denn für ihr Ticket bezahlt? Ich habe pro Eintrittskarte 38 Euro hingelegt, das macht insgesamt 76 Euro für zwei Plätze - auf denen man nichts sieht, wohlgemerkt."
„Oh." Julie wusste nicht, was sie antworten sollte. Da waren die beiden auch schon verschwunden. Paul, der von alldem nichts mitbekommen hatte, schlug vor, in das Foyer zu gehen, um ein Glas Champagner zu genießen.
Dort sah Julie die beiden Unglücksraben an der Kasse stehen und mit dem Kassierer diskutieren. Julie erzählte Paul, was sie mitbekommen hatte. „Und jetzt versuchen sie vielleicht, ihr Geld zurückzubekommen."
Der Geschorene und sein Freund kamen mit langen Gesichtern zurück. Paul war neugierig. Er sprach sie einfach an. „Und? Haben Sie den Preis erstattet bekommen?"
Kopfschütteln. „Der Mann behauptet, er sei nur der Portier. Ich solle mich an die Leitung des Theaters wenden."
„Und wo soll man die finden?", wollte Paul wissen.
Ein Schulterzucken war die Antwort.
„Seien Sie nicht traurig, das Stück ist sowieso komisch", versuchte Julie die beiden zu ermuntern.
Aber das hätte sie besser nicht gesagt.
„Komisch? Es ist grandios. William Forsythe

persifliert in diesem Stück das ganze Ballett. In Inhalt und Form. Er glaubt nicht an den Sinn des Geschichtenerzählens im Ballett. Er übertreibt oder zerpflückt. Dadurch erntet er neue künstlerische Mittel! Schauen Sie genau hin. Es ist großartig!" Und der Mann verschwand, zielstrebig auf seinen schlechten Sitzplatz zu.
Julie hatte er mit seinem Monolog einen großen Gefallen getan. Jetzt verstand sie, worum es ging und konnte den letzten zwei Akten wenigstens inhaltlich folgen. Die Disharmonien des Klaviers schmerzten zwar noch immer in den Ohren, aber wenn man sich auf die Tänzer und Darsteller konzentrierte, wurde es beinahe erträglich.

Dieser Frühling war wirklich erstaunlich. Die Menschen in Brüssel saßen in den Cafés und genossen die warmen Sonnenstrahlen, und das Fußballspiel Barcelona gegen Madrid fand im barcelonischen Stadion im strömenden Regen statt.
Sabine saß mit Barbara im James Joyce, einem Irish Pub in der Rue Archimède und beide bestaunten bei Murphys und Essig-Chips die Zuschauer. Wie man sich so für Fußball begeistern konnte, war ihnen schleierhaft.
Sie frotzelten über den starren Tunnelblick der Anwesenden und amüsierten sich blendend bis

zu dem Zeitpunkt, an dem Jörg – Barbaras eifersüchtiger Ehemann – auf der Bildfläche erschien. Nach einem halben Guinness nahm Jörg die Liebe seines Lebens in den Arm und sagte im Brustton der Überzeugung: „Wie toll. Jetzt stehen wir hier und trinken und haben überhaupt keine Lust zu rauchen."

Was dann geschah, war kaum zu glauben. Barbara, seit acht Tagen nikotinfrei, vergaß sich: „Du spinnst wohl! Ich habe gerade tatsächlich nicht ans Rauchen gedacht. Du hast mich jetzt auf die Idee gebracht. Und zur Strafe besorgst du mir eine. Und zwar eine Starke." Dabei funkelte ihr Blick so wütend, dass Jörg sich nicht getraut hätte, ihr zu widersprechen. Dabei hatte er es wirklich nur gut gemeint.

Nachdem nun der Ehemann mit einem schlechten Gewissen und der unerfreulichen Botschaft, es gäbe nur Lights, wiedergekommen war, versuchte Barbara selbst ihr Glück. Und weit musste sie dazu nicht gehen. Denn direkt neben ihr war vor fünf Minuten ein Mann erschienen, der ohne Unterlass mit der einen Hand die Theke als Klavier benutzte (stumme Begleitmusik zum Fußballspiel) und in der anderen Hand eine Zigarette hielt. Wie das Paket, welches auch auf der Theke lag, bezeugte, handelte es sich hierbei um eine starke Zigarette. Barbara ging zum Angriff über. Sie erzählte wahrhaftig die ganze Geschichte – angefangen vor acht Tagen. Sabine musste lachen. Der Unbekannte sah Barbara so verwirrt an, als hätte er nichts verstanden, doch als Barbara zu dem Punkt kam, der das Kapitel James Joyce ist voll mit Lightrauchern betraf, schaltete er endlich: „Nimm die, die sind ok." So kamen sie ins Gespräch. Barbara stellte Jörg und Sabine ihren neuen Freund, den Pianisten Gael, vor und der Alkohol tat sein Übriges. Am Ende des Abends tauschten sie ihre Telefonnummern aus und verabredeten sich für Freitagabend bei Sabine im Garten.

Freitagabend näherte sich. Am Nachmittag ging Sabine zur Schule und reihte sich in die Schlange der Mütter, die darauf warteten, in Sichtweite der Lehrerin, die in der Tür stand, zu kommen, damit sie ihr Kind nach draußen schickte. Madame hatte sie gesehen und so wartete Sabine, bis ihre beiden Kinder die Treppen hinunter kamen und das Schulgebäude verließen. Freitag war Markttag. Die Kinder liebten es genauso wie Sabine über den Freitagsmarkt zu schlendern. Die Straßen waren abgesperrt und links und rechts boten die Händler ihre Waren an. Vom Hamburger bis zur Auster, von Schuhen bis zu Matratzen, von Omas belgischen Waffeln bis zu deutschem Brot gab es hier alles.

Das erste Ziel war also der Stand von Jean le Pain,

dem Brezelmann. Hier deckte Sabine sich mit Roggen- und Sonnenblumenkernbrot ein. Sabine war jetzt seit sechs Jahren in Brüssel, aber an das belgische Brot hatte sie sich immer noch nicht gewöhnt. Kam die Butter aus dem Kühlschrank, zerfiel das Brot beim Bestreichen in Stücke, mal ganz abgesehen davon, dass Sabine nicht satt davon wurde. Und an ein paar Heimatlichkeiten hält so manch ein Expat fest. Die Kinder liebten die Brezeln, obwohl für sie keine Verbindung zwischen Brezeln und Deutschland bestand, da sie diese hier auf dem Markt kennengelernt hatten.
Danach machten sie beim Italiener halt. Antipasti standen heute Abend auf dem Speiseplan. Oliven, gefüllte Peperoni, getrocknete Tomaten, Artischocken, Tapenade grün und rot, eine Salami, ein Stück Käse, ein Olivenbrot. So konnte Sabine einen köstlichen Aperitif anbieten, ohne sich Arbeit machen zu müssen.
Das warme Maiwetter erlaubte es Sabine sogar, den Tisch für ihre Gäste in ihrem Nordgarten zu decken.

Es war wirklich ein gelungener Abend geworden, Jörg und Daniel hatten sich kennengelernt und es war Liebe auf den ersten Blick – genau wie bei Sabine und Barbara damals. Schade war, dass Gael nicht aufgetaucht war. Sie hatten versucht, ihn telefonisch zu erreichen, doch anscheinend hatte Sabine irgendetwas falsch notiert. Barbara sah das Ganze positiv: „Dann wird es doch spannend, was er uns für eine Ausrede erzählt, wenn wir ihn das nächste Mal treffen."

„Wieso bist du so sicher, dass wir ihn wiedertreffen?" Sabine zweifelte. Gern hätte sie sich mit dem Pianisten in nüchternem Zustand unterhalten.

„Ganz einfach, weil Brüssel ein Dorf ist. Hast du das immer noch nicht gemerkt?"

Jack schloss sein Rad an ein Straßenschild und ging in sein Büro. Von unten hatte er sich eine Tasse Kaffee mitgebracht und er war überzeugt, es würde ein guter Tag werden. Beim Betreten seines Arbeitszimmers begrüßte ihn „Der Pate" von einem Plakat aus und Jack grüßte zurück: „Morgen, alter Kumpel. Alles im Griff?"

Seinen Kaffee zwischen den Händen, streifte sein Blick zuerst die Pinnwand, dann das Regal mit Videokassetten und fand schließlich den Weg durchs Fenster nach draußen auf die Innenhöfe.

„Jetzt aber", schien der Pate ihn zu ermahnen, „Reiß dich zusammen und ab an die Arbeit." Jack ließ sich auf seinen Drehstuhl plumpsen, fuhr seinen Computer hoch und schaltete den Fernseher an. BBC hielt ihn auf dem Laufenden.

Er musste ein „Infopaket“ über die neuesten Entwicklungen der Finanzkrise für die 18-Uhr-Nachrichten in Dublin zusammenstellen. Das hieß, den Bericht, den er bringen wollte, auf Papier bringen, die passenden Fotos und Filmsequenzen, die die European Broadcast Union per Satellit schickte, heraussuchen und danach das Ganze zusammen auf eine Festplatte packen. Die Europäische Kommission hatte sogar ihren eignen Sender, den EBS, der sämtliche Brüssel-internen Informationen ausstrahlte. Bei der Auswahl seiner Clips stand Jack vor der Fernsehwand, vor der neun mal vier Fernseher plus Computer zum Herunterladen der Bilder eingebaut waren. Jack arbeitete jetzt schon zehn Jahre für den RTE, aber immer wieder erinnerte ihn die Wand an die Fernsehabteilung in einem Elektromarkt. Nur dass dort meistens das gleiche Programm lief. Hier hieß es BBC, CNN, EBS, EBU und so weiter.
Für die Clips, bei denen seine Stimme nur aus dem Off zu hören sein würde, musste er außerdem Fußnoten zur Erklärung mitschicken. Er hatte noch eine halbe Stunde Zeit. Das war gut. Oft kamen unerwartete Neuigkeiten im letzten Augenblick und dann kam es auf jede Minute an. In Dublin wurde dann sein Report aufgenommen und für die News auf den Bildschirm gebracht.
„Politik“, schoss ihm plötzlich durch den Kopf,

„Weltgeschehen. Nur zu schade, dass ich nur berichten und nichts verändern kann.“ Ihm fiel das vermisste Mädchen aus Löwen ein. Gottlob war sie wieder aufgetaucht, aber nicht alle besaßen dieses Glück. Glück. War das überhaupt Glück? Wäre es nicht Glück gewesen, wenn sie gar nicht erst verschwunden wäre? Aber dann hätte niemand es als Glück empfunden. Waren die Menschen nicht komisch? Immer musste erst etwas Schreckliches passieren, damit man das tägliche Dasein als ein Glück empfinden konnte.

„Jack?“ Eileen stand hinter ihm. „Wovon träumst du?“

„Davon, dass du mir endlich die Adresse von dem Arzt gibst, der mich von meinen Grübeleien befreit.“

Eileen nahm ihren Kollegen in den Arm. „Rue de Fougère. Ich mach dir einen Termin.“

„Danke.“ Ein Lächeln glitt über Jacks Gesicht. Wenn Eileen ihn an ihren fülligen Körper drückte, fühlte er sich immer herrlich beschützt. Wie gut, dass es diese Frau gab.

Schon lange hatte es der Künstlerin an Inspiration gefehlt. Doch an dem Abend mit Julien hatte etwas in ihrem Kopf „Klick“ gemacht und es war, als wenn sie wieder zum Leben erweckt worden

wäre.
Cecilia stand auf der Leiter im sogenannten „großen Gästezimmer“ und arbeitete konzentriert mit ihrem in Gold getauchten Pinsel an ihrem neuen Werk, einer Kopie von „Der Kuss“ von Gustav Klimt. Sie war dabei, jedes Zimmer neu zu gestalten, neu zu streichen, die Möbel umzustellen und neu zu dekorieren. Das würde neue und positive Energien ins Haus bringen. Jeder Raum spiegelte eine Stadt oder ein Land wieder. Das Thema des kleinen Gästezimmers war Schottland. Durch einen auf die Wand geklebten Fensterrahmen konnte man auf Loch Ness sehen (auch wenn es nur ein Poster war). Ihr Schlafzimmer war Afrika geworden: Zwei Giraffen liefen Seite an Seite im Morgentau durch die Savanne. Dies war für Cecila ein Symbol von Zweisamkeit, Friedlichkeit, mit den Füßen fest auf dem Boden stehend den Blick nach vorn nicht zu vergessen.
Ben hatte momentan auch den Blick nach vorn, aber eher auf Straßen und Autobahnen gerichtet. Sein neuestes Spielzeug war ein glänzend schwarzer Porsche. Dies bestätigte Cecilias Befürchtungen, dass Ben in der Midlife-Crisis war: Er musste seine Manneskraft durch ein schnelles Auto demonstrieren. Aber wenn es ihm half, wieder positiv und lebensbejahend zu werden, sollte es Cecilia nur recht sein.

Ihr Sohn hatte sich sein Zimmer als Weltall gewünscht. Und so schwebten jetzt Planeten in allen Farben in seinem Zimmer, sowohl plastische unter der Decke als auch gemalte an den Wänden. So war Dans Zimmer zu seiner Rückzugsinsel im Kosmos geworden.
Cecilia war sich noch nicht sicher, was sie mit ihrem Atelier machen würde. Für das Wohnzimmer stellte sie sich ein blühendes italienisches Mohnfeld vor.
Sie tauchte den Pinsel in die Goldfarbe und zeichnete die Linien des Kleides der Geküssten nach. Klimt hatte eine wahre Allegorie an die Liebe geschaffen.
Und plötzlich stand er hinter ihr. Ben. Und das an einem Donnerstagnachmittag um fünf. Eigentlich seine heilige Arbeitszeit.
„Wunderschön."
„Klimts ‚Kuss'?"
„Du. Wenn du von oben bis unten in Gold getaucht bist."
Cecilias Knie wurden weich. Sie musste von der Leiter runter. Langsam legte sie den Goldpinsel auf die Ablage der Leiter und schob sich mit klopfendem Herzen rückwärts dieselbe hinunter. Schritt für Schritt, nur nicht in Ohnmacht fallen und alles kaputt machen. Für Ben war ein Augenblick vergangen. Für Cecilia eine Ewigkeit. Doch

sie hatte es geschafft. Endlich fester Boden unter den Füßen. „Was hast du gesagt?", hauchte sie.
„Du siehst wunderschön aus, habe ich gesagt."
Zwar wusste Cecilia nicht, wie es zu Bens Sinneswandel gekommen war, es war im Grunde aber auch bedeutungslos. „Afrika?", fragte sie nur.
Er strahlte sie an. „Gegen einen Kurzurlaub bei den Giraffen hätte ich nichts einzuwenden." Und er folgte ihr die Treppe herunter.

SOMMER

Sommerwetter
Sommersonne, Sommerwind, Sommerregen, Sommersturm, Sommerfreuden
Sommersonnenwindregensturmfreuden

Im Sommer war Brüssel herrlich. Julie stand gern früh auf, Sabine hatte Frieden mit ihrem nach Norden gerichteten Garten geschlossen, Jack genoss die Sonne in den Straßencafés und Cecilia war glücklich und inspiriert, sie schuf ein Kunstwerk nach dem anderen.

Julie hörte, wie es drei Mal hupte. Das konnte nur Robert sein, der sie zu einer Tour mit seinem neuen Auto eingeladen hatte. Ein Cabriolet. Julie freute sich. Sie hatte zwar Robert immer noch nicht aufgeklärt und gebeichtet, dass sie nur seine Freundschaft wollte, aber dazu blieb immer noch Zeit. Nach der Spritztour.
Julie hatte Bruxelles les Bains vorgeschlagen, den Brüsseler Hafen, der jeden Sommer im Juli und August in eine Strandpromenade verwandelt wurde. Auf der Wasserseite ergoss sich der Sandstrand,

auf der Häuserseite standen Fressbuden und Pavillions, die mit lauter Musik und alkoholischen Getränken für ausgelassene Stimmung sorgten. Aber Robert meinte, bis zum Hafen würde sich die Fahrt nicht lohnen. Er bevorzugte das Meer. Das belgische Meer war ja nur gute 100 Kilometer entfernt. Manchmal bekam man sogar in Brüssel das Meer zu spüren. Und zwar an Tagen wie diesem: es war windig und der Himmel blau mit vorüberziehenden Schäfchenwolken.
De Haan war ihr Ziel. De Haan war der an der belgischen Küste am wenigsten verbaute Ort mit einem malerischen Stadtzentrum. Doch schon auf der Autobahn lief alles schief. Trotz der Ferien herrschte auf der Autobahn dichter Verkehr. Julie hätte das nicht gestört, wenn Robert nicht ständig geflucht hätte. So war das nun einmal: Am Wochenende fuhren alle ans Meer. Früher war Julie mit dem Zug gefahren, aber dazu hatte sie heute keine Nerven mehr. An Sonnentagen am Wochenende konnte es sogar passieren, dass man die Zugfahrt im Stehen verbringen musste. Da lobte sie sich doch einen schönen Stau. Da konnte sie wenigstens sitzen bleiben.

21. Juli. Belgischer Nationalfeiertag. Sabine und Co. stiegen in den Bus mit der Nummer 21, um

sich zum Parc de Bruxelles bringen zu lassen. Die Straßen und Parks waren noch leer. Die meisten Menschen hatten am Vorabend schon gefeiert und genossen das morgendliche Ausschlafen.
Im Park waren die Entertainer noch mit dem Aufbauen der Imbissstände, Getränkebuden, Spiele- und Veranstaltungszelte und Informationsstände beschäftigt. Aber es gab im Park einen Spielplatz. Wozu brauchten Sofia und Elias eine Hüpfburg, wenn es einen Spielplatz gab? Elias teilte schon die Familienmitglieder in ihre Positionen ein: „Du bist ein Matrose. Du bist ein Matrose. Du auch und ich bin der Kapitän." Ja. Warum sollte man nicht ein Boot in einem Klettergerüst sehen? Ein Piratenboot wohlgemerkt. „Ich sehe eine Insel. Dort liegt bestimmt ein Schatz! - Alle Mann von Bord."
„Ich brauch mal eine kleine Pause. Können wir nicht weitergehen?" Rollenspiele waren nicht Sabines Stärke.
„Neiiiiinnnnnnnnnnn!"
Damit hätte sie eigentlich rechnen können. Sie seufzte und setzte sich auf eine Bank und wühlte in ihrem Rucksack. Auch das noch. Das Buch vergessen.
„Nein. Mama. Du musst uns doch graben helfen."
Was blieb ihr also übrig?
Eine halbe Stunde später hatte sie es geschafft, ihre Familie von einer einsamen Insel zu retten und sie

zurück aufs Festland zu bringen. Die Feier war mittlerweile in vollem Gange. Sie erreichten den Stand der Militärakademie und Sabine stellten sich die Haare zu Berge: Dort standen mit Netzen getarnte Panzer, auf und in denen Kinder herumkletterten. Es gab Trainingstrecken zum Robben, Klettern und Laufen, auf denen sich Kinder mit Minihelmen und Tarnfarbe im Gesicht versuchten. So sollten sie wahrscheinlich einen Vorgeschmack auf das Militär und Lust auf den Dienst für den Staat bekommen.

Sie liefen weiter – aus dem Park hinaus, über den Place Royale. „Ein Zug, ein Zug. Lass uns mit dem Zug fahren." Ein Zug auf Rädern schlich die Rue de la Régence Richtung Place Poelaert hinauf. „Warum nicht?" Dort oben können wir aussteigen und uns ein Restaurant suchen und mit dem Zug wieder zurückfahren." (Daniel war ein wandelnder Restaurantführer.) Und so machten sie es dann auch. Nur, dass sie auf dem Rückweg dem Zug wegen Überfüllung nicht mehr zusteigen konnten. Als sie danach wieder am Place Royale ankamen, war es wegen der Menschenmassen fast nicht möglich, sich zu bewegen, geschweige denn vorwärts zu kommen. Die Zeit ging gegen drei Uhr und die Militärparade würde bald beginnen. Die Menschen suchten nach einem guten Aussichtsplatz. Nur nicht Sabine. Sabine hatte die Nase voll.

Seit fünf Stunden war sie jetzt im Dienste der Familie unterwegs und wollte nach Hause.
Kaum hatten sie es geschafft, den Parc de Bruxelles zu betreten, um von dort aus die Metro zu nehmen, als sie feststellten, dass der Metroeingang gesperrt war.
Sie mussten also zum nächsten Ausgang. Von dort aus könnten sie den Bus nehmen. Aber auch der Ausgang war gesperrt. Sabine wurde langsam unruhig. Ihre Familie folgte ihr zwar (sie waren gewillt, die müde Mutter nach Hause zu begleiten), doch der nächste Ausgang war ebenfalls verschlossen. Sabines Verstand setzte aus. Es war, als hörte sie sich selbst plötzlich schreien und toben: „Ich will hier raus! Die können mich hier nicht einsperren!“ Sofia und Elias nahmen die arme Mama an die Hand, um sie zu trösten. Das half ein bisschen. Als Daniel jedoch vorschlug, doch einfach zu bleiben und die Parade anzusehen, setzte es ein weiteres Mal bei Sabine aus. „Nein! Ich will nach Hause.“ Und da standen sie auf einmal: La Police.
„Was ist los? Geht es Ihnen nicht gut?“
„Nein. Ich will hier raus. Ich will nach Hause.“
„Aber das geht jetzt nicht. Der Park ist geschlossen bis um 17.00 Uhr. Solange, wie die Parade dauert.“
„Ihr könnt mich doch nicht einsperren. Ich muss hier raus!“ Und Tränen liefen Sabine über das Gesicht. So viele Tränen ließen sogar die Brüsseler

Polizei weich werden. „Wir werden Ihnen einen Ausgang suchen.“ Und sie telefonierten mit ihren Kollegen, um in Erfahrung zu bringen, ob es noch einen offenen Ausgang gab und – welche Erleichterung – ja, es gab noch genau ein Tor, das nicht verschlossen war. Die netten Polizisten erklärten sich bereit, Sabine, die einem Zusammenbruch nahe war, samt Familie hinauszubegleiten.

Jetzt waren sie zwar draußen, aber damit waren sie immer noch nicht zu Hause. Vor ihnen lagen noch gute 3,5 Kilometer Fußmarsch, da wegen der Parade der gesamte öffentliche Verkehr lahmgelegt worden war. Nicht so schlimm für die Großen. Aber die kurzen Beine der Dreijährigen hatten viel Arbeit zu leisten.

Als sie zu Hause ankamen und die Haustür aufschlossen, wunderten sie sich über das weit geöffnete Fenster in der ersten Etage ihrer Nachbarn. Waren sie aus dem Urlaub zurückgekommen? Aber ihr Auto stand nicht vor der Tür. Daniel schaute etwas genauer hin und musste feststellen, dass der Kellerzugang zum nachbarlichen ehemaligen Kohlenkeller ebenfalls offenstand. Einbruch. So mussten sie sich zum zweiten Mal an die Polizei wenden.

Sabine hatte eine SMS an ihre Nachbarin geschickt, um die schlechte Nachricht mitzuteilen. Die Nachbarn kamen umgehend aus dem Urlaub heim. Familienschmuck, Silberbesteck und alle Computer waren weg. Die Meinung der Polizei war, dass es sich um organisierte Zigeuner handelte. Diese hatten die Gegend ausgekundschaftet und wussten, dass die Nachbarn im Urlaub waren. So hatten sie den Nationalfeiertag, an dem im Übrigen die meisten Häuser leer waren, für ihr Vorhaben nutzen können.

Sabine war so fertig, dass sie es ihrem Mann überließ, die Kinder ins Bett zu bringen. Sie hatte das Bedürfnis, sich mit etwas anderem zu beschäftigen, mit etwas, was ihre volle Aufmerksamkeit in Anspruch nehmen würde und ihr wieder auf den rechten Pfad verhelfen sollte. Vielleicht war dies der richtige Moment, um sich um ihre berufliche Zukunft zu kümmern. Sie loggte sich ein und googelte nach Kinderbuchverlagen. Eine Seite mit einer Liste dergleichen ging auf. Jetzt musste sie nur noch den richtigen Verlag für ihre Geschichte finden.

Freitagabend. Jack lag auf der Couch und hörte den nächtlichen Geräuschen zu. Er hörte einen Wechsel von Tatü-Tata und Hupkonzerten, dann Menschenlachen, Hundegebell. Von Fern erklang Musik. Er war unruhig. Es war noch früh am Abend, noch nicht einmal Mitternacht. Sollte er nicht lieber rausgehen, statt auf der Couch vor dem Fernseher einzuschlafen? Doch wohin sollte er gehen? Ins Canoa Quebrada, wo er zu brasilianischen Rhythmen seinen heißgeliebten Salsa tanzen konnte? Oder ins Les Jeux D'Hiver, der In-Disco im Bois de la Cambre. Wer hier tanzte, gehörte zur Szene. Voraussetzung dafür waren Jugend und gutes Aussehen. Aber für beide Lokale war es noch zu früh. Tanzbars und Diskotheken füllten sich erst ab Mitternacht. Er konnte vorher ins Monk gehen, einer traditionellen, alteingesessenen Kneipe, die mittlerweile zu den Kult-Kneipen zählte, oder ins Archiduc, genauso alteingesessen, aber eher eine Bar als eine Kneipe. Er entschied sich für beides. Zuerst ins Monk (dort konnte er ein Würstchen mit Senf essen) und dann ins Archiduc.

Es war fünf Uhr, als Jack das Archiduc verließ. Wie war nur die Zeit so schnell herumgegangen? Jack fühlte sich heiter und gut. Er hatte sich hervorragend mit dem Barkeeper unterhalten. Er fühlte sich zu gut, um ins Bett zu gehen. Eine Radtour würde ihn vielleicht müde machen. Eine Runde durch den Fôret de Soignes bis zum Château de la Hulpe in der Domaine Solvay. Der Weg war circa 20 Kilometer lang und es war seine Lieblingsstrecke.

Die Domaine Solvay de La Hulpe erstreckte sich

mit ihren 227 Hektar über Grünflächen, Seen und Wälder. Hier gab es fast alles an Vegetation und bot daher Unterschlupf für alles mögliche Getier, am Boden sowie auf den Bäumen.
Jack ging also die 500 Meter zurück nach Hause, um sein Rad zu holen. Aber kaum hatte er versucht, sich auf dasselbe zu setzen, musste er feststellen, dass es kaputt war. Es wollte einfach nicht geradeaus anfahren. Jedes Mal, wenn er versuchte, in die Pedale zu treten, schlug sein Lenker ein. Einmal nach rechts, einmal nach links. Er war ratlos. Doch dann hörte er auf einmal den Ruf dieses wunderbar weichen Bettes in diesem wunderschönen Appartement, welches er sein Heim nennen konnte und wovon ihn nur noch einige Treppenstufen entfernten. Vorsichtig nahm er also sein Rad und kettete es an den nächsten Laternenpfahl. Wie kam es nur, dass er sich immer wieder überschätzte?

Mittwochnachmittag. Cecilias Einkaufstag.
Sie schlenderte zum Place Châtelain unweit ihrer Wohnung. Mittwochs war Markttag am Place Châtelain. Cecilia saugte die Düfte von frischem Brot, Waffeln, Himbeeren, Oliven und orientalischen Gewürzen wohlig in sich hinein. Nur beim Fischstand hielt sie den Atem an. Ihr Ziel war der

italienische Wagen, an dem sie Bresaola, Provolone, frische Pasta und Cantuccini kaufte. Oliven holte sie beim Franzosen, frisch bereitetes Tarama beim Griechen, Brot bei Jean le Pain, der zwar Belgier war, aber deutsches Brot verkaufte, für Salat und Gemüse stellte sie sich in die Schlange beim Bio-Belgier.

Ab 18.00 Uhr konnte man sehen, wie sich der Marktplatz füllte und sich die Brüsseler Schickeria mit einem Glas Champagner in der Hand auf der Terasse des Le Coin Sud zum „Sehen und Gesehenwerden" positionierte.

Cecilia war zu bepackt, um sich mit ihren Einkäufen dort niederzulassen. Also schlug sie den Heimweg durch ihre Lieblingsstraße Rue du Page ein. Hier gab es so viele tolle Sachen: Die Librairie de seconde main Nijinski (Antiquariate oder Buchläden mit Bestand zum halben Preis fand man übrigens erstaunlich viele in Brüssel), die Modedesignerin Olivia Hainaut, Antiquitätenhändler, Vintage-Läden mit Mode und Accessoires aus den 70ern, verschiedene Restaurants, wobei das Außergewöhnlichste ganz klar La Quincaillerie war. La Quincaillerie war ein ehemaliger Eisenwarenladen, der sich über zwei Etagen erstreckte und der sich seit Beendigung dieses Geschäftes in unverändertem Zustand befand, außer dass Tische und Stühle aufgestellt und eine Bar eingebaut worden

war. Ein In-Lokal mit Stil.
Noch vorbei an einem Waschsalon und Cecilia hatte ihr Ziel erreicht: Das süßeste und englischste Café weit und breit: Lilicup. Gestrichen und dekoriert in Rosa und anderen Pastellfarben bot Lilicup über 15 verschiedene Sorten Muffins, Scones und Cupcakes an. Wenn Cecilia mit Ben in seiner Heimat war, waren sie oft in die Cafés gegangen, um sich einen Cupcake zu gönnen – aber dort war es immer etwas Besonderes gewesen. Mit Lilicup war es ihr nun möglich geworden, den süßen Gelüsten direkt in ihrer Nachbarschaft zu frönen - auch wenn die Muffins ihren Hüften nicht besonders guttaten. Aber man lebte ja schließlich nur einmal.
Frisch gestärkt trat Cecilia den Rückweg an. Sie riskierte noch ein Blick in das Schaufenster schräg gegenüber. „Schrill“, entfuhr es ihren Lippen. Tankanzeige und Geschwindigkeitsmesser als Manschettenknöpfe. Na, wenn das nichts für ihren Porschefahrer war. Cecilia war spontan. Also ging sie rein ins Geschäft und zwei Minuten später kam sie auch schon wieder mit einem glücklichen Lächeln auf den Lippen heraus. Hatte Ben sie letztens auf der Stehleiter überrascht, so würde sie ihn heute Abend mit den Manschettenknöpfen überraschen.

Julie lag noch im Bett, als das Telefon klingelte. Sie griff zum Hörer: „Allô!“
„Julie, ich bin‘s. Jean-Pierre. Hab ich dich geweckt? Es ist schon zehn Uhr.“
Jean-Pierre. Natürlich. Er war immer früh auf. Julie hatte ihn während ihres letzten Tunesien-Urlaubs kennengelernt. Er lebte in Arlon und hatte beim Abschied versprochen sich zu melden. Was er nun hiermit – ein Jahr später – wahr machte.
„Ja, ich war noch mal eingeschlafen. War aber schon mit dem Hund draußen.“ Was erzählte sie da für einen Unsinn. Sie brauchte sich doch nicht zu rechtfertigen.
„Ich wollte nur fragen, ob du am nächsten Wochenende zu Hause bist. Meine Brüsseler Nichte heiratet und ich wäre dann in der Gegend.“
„Das heißt, du kommst? Ich freue mich.“ War sie nicht mehr ganz bei Trost? Sie sollte morgens besser mit niemandem sprechen. Es kam nur Unsinn aus ihrem Mund.
Als sie aufgelegt hatte - mit einer Verabredung für den nächsten Sonntag - rief sie ihren Hund zu sich und legte sich noch mal in ihr Bett. Sie zog sich die Bettdecke über die Schultern. Ihr war kalt. Und was würde sie Robert erzählen? Nichts. Auch vor ihm brauchte sie sich nicht zu rechtfertigen. Aber was sollte sie mit Jean-Pierre unternehmen? Vielleicht zum Atomium gehen. Wenn er vor zehn

Jahren das letzte Mal in Brüssel gewesen war, dann würde ihn vielleicht interessieren, wie es in renoviertem Zustand aussah. Oder sollten sie ins Comicmuseum gehen? In dem von Victor Horta entworfenen ehemaligen Kaufhaus gab es neben dem Museum auch ein außerordentlich gutes Restaurant, das eine hervorragende Carbonade verkaufte. Sie konnte sich vorstellen, dass Jean-Pierre die Comics gut gefallen würden – dachte sie gerade an das Kind im Mann, aber sie würde sich wahrscheinlich langweilen. Vielleicht sollten sie einfach nur einen Spaziergang durch die Stadt machen und sie könnte ihm die schönsten Jugendstilhäuser und Comicbemalungen an den Häuserwänden zeigen. Es gab ja sogar ganze Wanderungen, die danach ausgerichtet waren. Aber im Grunde genommen sah Julie sich nicht als Stadtführerin. Nein. Sie würde Jean-Pierre mit einem Menu Surprise à la Julie überraschen. Mit sieben Gängen. Jean-Pierre war ein guter Unterhalter. Sie würde kochen, er reden. Wie vor einem Jahr in Tunesien. Nur dass sie nicht gekocht, sondern die Teller auf einem Büfett befüllt hatte.

Julies Herz machte einen Sprung, als der Wallone eine Woche später mit roten Rosen vor ihrer Tür stand. Fast hatte sie vergessen, dass es auch noch gutaussehende Mittsechziger gab. Robert mit seinem Kugelbauch tauchte plötzlich in ihrer

Erinnerung auf. Schnell verscheuchte sie das Bild und bat Jean-Pierre hinein.

Julie hatte auf ihrem kleinen Balkon gedeckt. Eine weiße Tischdecke und ein kleines Gesteck konnten einen Gartentisch in eine schmucke Tafel verzaubern. Die Consommé stand dampfend und duftend vor ihnen, als es plötzlich an der Tür klingelte. „Robert", schoss es durch ihren Kopf, als sie aufsprang und die Hälfte der Suppe sich auf der Tischdecke ergoss. Jean-Pierre sah sie nur fragend an. Julie setzte sich wieder. Was sollte sie tun? Sie konnte doch nicht einfach sitzen bleiben und so tun, als hätte sie nichts gehört. Dazu war es zu spät. Die Suppe sickerte langsam in das Tischtuch ein. Da klingelte es wieder. Julie war unfähig zu einer Bewegung. Jean-Pierre lachte. „Bleib sitzen. Ich mach schon auf."

Julie hielt den Atem an. Und dann hörte sie Véroniques Stimme. Véronique? Ja, war die denn verrückt geworden? Sie wusste doch, dass Julie Besuch hatte ... Genau. Sie wusste, dass Jean-Pierre hier war, und sie wusste, dass Julie für ihn schwärmte. Und genau deswegen war sie hier. Verräterin! Oder war sie es, die Verrat übte? An Robert. Ihr wurde schlecht. Sie flüchtete sich ins Bad. Ein Blick in den Spiegel. Bäääääh! Belegte Zunge. Belegte Stimmung. Sie würde sich nichts anmerken lassen.

Als sie zurückkam sah sie, dass Véronique sich selbstständig gemacht hatte und für sich ein drittes Gedeck aufgelegt hatte. „Du hast doch nichts dagegen?"
„Nein. Natürlich nicht. Wenn du mir beim Kochen hilfst."
Ein Lachen. „Aber du weißt doch, dass ich zwei linke Hände habe. Deswegen bin ich ja hier. Weil ich doch weiß, wie gut du kochst." Ein verführerischer Blick zu Jean-Pierre. Doch der schien Véronique gar nicht wahrzunehmen. Er stand auf. „Ich werde dich beim Kochen unterstützen, Julie." Und fast wäre Julie in Tränen ausgebrochen, so erleichtert war sie. Und dann sah sie wieder Robert vor sich. Und vor ihr stand Jean-Pierre mit seinem Gewinnerlächeln. Und morgen würde er wieder weg sein. Außer, außer, außer ... Sie musste sich irgendetwas einfallen lassen.

Ferien. Die Ferien waren für Sabine immer eine Katastrophe. Die erste Hälfte hatte sie wie jedes Jahr gut hinter sich gebracht. Der Spanienurlaub war absolut gelungen, der Besuch ihrer Schwester war wie immer eine Erleichterung gewesen. Sie hatte sogar die Zeit gefunden, ihr Manuskript zu vervielfältigen und an die zwanzig ausgewählten Verlage zu verschicken, aber jetzt war sie für die restlichen vier Wochen der insgesamt zwei Monate auf sich selbst gestellt. Die Kleinen verlangten ihre gesamte Aufmerksamkeit und wollten unterhalten werden. Was hätte sie nicht alles machen können? Es boten sich an das Comicmuseum, das Spielzeugmuseum, das Musikinstrumentenmuseum (im Jugendstilbau im ehemaligen Kaufhaus Old England, aus dessen oberstem Stockwerk man eine hervorragende Aussicht über ganz Brüssel hatte), das Museum für Kinder und das Naturwissenschaftliche Museum mit den Dinosauriern, dann die Windmühle mitten im Viertel von Evère mit einer Gewürzausstellung oder eine Fahrt in eine Domaine (Parkanlagen mit Spielplätzen und Unterhaltungsangeboten für Kinder), die alle etwas außerhalb, aber nicht weit von Brüssel lagen oder einfach das Rouge Cloître mit seinen drei Spielplätzen. Und das war bestimmt nicht alles. Oder sie konnten einfach in einen Park fahren. Brüssel hatte viele, meist gut gepflegte, große, grüne Parks mit vielen Bäumen (im Park Roodebeek gab es sogar Tiere) und fast alle hatten mindestens einen Spielplatz. Es lag also nicht am Angebot, dass Sabine langsam in Depressionen verfiel. Es lag eher an ihrer Unlust, alleine etwas auf die Beine zu stellen. Daniel arbeitete natürlich. Und sie vermisste das Schreiben. Um irgendwohin zu fahren, kannte sie sich auf den Straßen Brüssels nicht gut genug aus, fühlte sich deswegen unsicher und ließ das Auto lieber, wo es war: vor der Haustür. Die Busse fuhren in den Ferien nur alle zwanzig Minuten und Sabine hasste es, mit zwei kleinen Kindern an der Bushaltestelle zu warten. Außerdem würden sie dort bei der Hitze einen Sonnenstich bekommen. Da bot es sich doch eigentlich an, den Nachmittag im heimischen 25-Quadratmeter-Garten zu verbringen. Der Garten war komplett zu einem Spielplatz umfunktioniert, für die Erwachsenen gab es nur ein Eckchen mit einem Tisch und zwei Stühlen, aber wenn die Kinder spielten, ging es ihnen gut. Und wenn es denen gut ging, ging es Sabine gut. Dann konnte sie sogar ein klein wenig Zeit für sich selbst ergattern und mal den Blick in ein Buch werfen. Dachte sie auf jeden Fall. Da klingelte es an der Tür. Carla. Carla war Sabines kolumbianische Putzfrau und kam jeden Donnerstag gegen zehn. Das hatte Sabine völlig vergessen. Das Haus sah aus, als wäre eine Bombe eingeschlagen, und normalerweise räumte Sabine immer vorher auf, damit Carla putzen konnte und nicht die Zeit mit aufräumen zubrachte – was ihr übrigens viel mehr Spaß machte als das Reinigungsprogramm abzufahren.

Also würde Sabine jetzt doch kein Buch lesen. Sie öffnete Carla die Tür und half ihr, die Wohnung wieder in Ordnung zu bringen. Sie fing im

Wohnzimmer an und schmiss die am Boden verstreuten Legos in die Ikea-Kisten. Aus dem Garten war Kinderlachen zu hören. Sollte sie die Verursacher dieses Chaos jetzt zwingen mitzuhelfen? Sie entschied sich dagegen. Solange sie sich gut vertrugen und solange sie alleine spielten, sollte man die Kinder besser nicht stören.

„Quieres un café?"

Das liebte Sabine so an Carla. Kaum war sie da, kochte sie erst einmal für beide Kaffee. Carla war als Schwangerschaftsvertretung für Jana zu ihnen gekommen. Die polnische Vorgängerin hatte zwar besser geputzt und auch gesehen, wo es etwas zu tun gab, aber mit Carla hatte Sabine mittlerweile ein freundschaftliches Verhältnis aufgebaut. Vor allem hatte sie Jana nach ihrer Auszeit nicht zurückgeholt, weil Sabine mit Carla Spanisch sprechen konnte und weil Carla der perfekte Babysitter war. Und das war Sabine wichtiger als ein Haus, in dem auch in den Ecken geputzt wurde.

Kaum war der Kaffee fertig, fing Carla an, wie wild den Herd zu schrubben. Dabei waren nur ein paar Fettflecken darauf, die bestimmt keine Scheueraktion brauchten.

„Alles ok?"

Ein Schluck vom süßen schwarzen Gebräu. „Nein."

Sabine wartete.

„Der Freund meiner Tochter ist zurück nach Spanien. Jetzt kann sie ihr Appartement nicht bezahlen. Und ich kann auch nicht helfen."
Sabine schaltete sofort: „Wieviel ist es denn?"
„200."
„Magst du einen Vorschuss aufs Babysitten?" Sie benötigten Carla zwar nicht wirklich häufig für die Kinder, aber vielleicht war das ja jetzt der Fingerzeig des Himmels, mal wieder mit Daniel auszugehen.
Carlas Gesicht hellte sich auf. „Das würdest du tun?"
Sabine hatte schon die Schuhe an. „Ich lauf nur kurz zur Bank."
Das Leben konnte so einfach sein, wenn man es von der richtigen Seite anfasste.

Jack saß in der Küche des Radiosenders und starrte auf die blaue Wand. Es war eine magische Wand. Den Fernsehzuschauer konnte sie an mindestens zehn verschiedene Orte in Brüssel bringen. Die Nato, den Park Cinquantenaire, das Berlaymont, Grand Place und so weiter und so weiter.
Die Magie bestand darin, dass Jack sich vor die Wand setzen musste, während der Kameramann seine Reportage filmte. Beim gleichzeitigen Senden bestand die Möglichkeit, dem Reporter einen

der eben genannten Orte per Computer als Hintergrundbild zu geben. Der Zuschauer konnte dann diesen Hintergrund nur dort sehen, wo die blaue Wand war. Einmal hatte Jack sich zum Gespött von ganz Irland gemacht. Er war tatsächlich in einem blauen Hemd zur Arbeit gegangen und anscheinend hatte auch der Kameramann geschlafen. Das Hintergrundfoto hatte sich nicht nur über die Wand, sondern auch über sein blaues Hemd gelegt und der irische Zuschauer bekam einen Life-Bericht aus Brüssel von einem körperlosen Mann, bestehend aus Kopf und Händen. Aber live war eben live. Da war nichts mehr zu ändern gewesen. Die Wahrheit aber war, dass jetzt wirklich jeder Jack namentlich kannte und er eine kleine Berühmtheit geworden war - auch wenn ihm dieses Missgeschick bestimmt nicht noch einmal geschehen würde.

Heute musste Jack an einer Live-Diskussion in der Dubliner Redaktion teilnehmen. Praktisch daran war, dass er in Brüssel bleiben konnte, unpraktisch war, dass er mal wieder in die Zelle musste. Die Zelle war eine Kammer, telefonzellengroß mit schalldichten Wänden. Für die Zuhörer im Radio hörte es sich genauso an, als wenn Jack mitten in der Diskussionsgruppe sitzen würde. Leider war Jack leicht klaustrophobisch veranlagt. Er hätte das Studio in der dritten Etage bevorzugt, aber dort gab es nun mal keine Telefonverbindung nach Dublin ...

Schweißgebadet trat er aus der Zelle. So ein Telefonat war für Jack Schwerstarbeit. Jetzt brauchte er erst einmal Bewegung. Schade, dass es in Brüssel keine Freibäder gab. Dazu musste man in die nahegelegenen Domaines (Freizeitparks) fahren. Aber dort waren die Becken dann so voll, dass man sich wie die Heringe in der Dose vorkam. Das hatte also mit Bewegung nicht mehr viel zu tun. Und in ein Hallenbad zu gehen, konnte er sich bei dem schönen Wetter auch kaum vorstellen. Aber in einer halben Stunde würde im Park Cinquantenaire das Fitnessprogramm von Friskis & Svettis starten. Dort könnte er sich abreagieren. Friskis & Svettis war ein schwedischer Fitnessclub, der in den Monaten Juli und August dienstags und donnerstags abends um sieben ein einstündiges Fitnessprogramm à la Aerobic anbot. Und das Ganze auch noch umsonst.

Jack hörte die Musik schon von weitem. Aus zwei großen Boxen kamen die ersten Klänge der Motivationsmusik und die etwa 100 Sportbegeisterten fingen an, sich auf dem Rasen warmzulaufen, bevor es zum gymnastischen Teil überging.

Jack reihte sich ein, und das klaustrophobische Gefühl verließ langsam seinen Körper.

Belgien war natürlich bekannt für die hervorragende Qualität der Pommes Frites. Die perfekten Fritten von Monsieur Martin gab es leider nicht mehr. Er hatte sein Büdchen am Place Saint Josse geschlossen. Wie die perfekten Fritten aussahen? 13 mal 13 Millimeter. Und was wirklich den Unterschied der belgischen Pommes Frites zu allen anderen machte, war die Art zu frittieren: Die goldenen Stäbchen wurden zuerst bei circa 140 Grad frittiert, dann mussten sie abkühlen, um danach noch einmal bei 175 Grad frittiert zu werden, so lange bis sie oben schwammen – und zwar in Rindsfett. Köstlich. Das war es, was Cecilia sich zu ihrem 15. Hochzeitstag wünschte. Kein Sieben-Gänge-Menü mit Pinguinen, die einem jeden Wunsch von den Lippen ablasen. Nein. Sie wollte ihren Mann ganz für sich allein. Sie würde zum Maison Antoine am Place Jourdan fahren, zwei Grandes Frites mit Sauce Andalouse à part et deux cannettes de bière bestellen. Eigentlich mochte sie das Blanche lieber, aber das schäumte so, wenn man es aus der Dose trank. Natürlich hätte sie sich mit ihrem Mahl auch in die Cafés mit dem Hinweisschild „Partenaire de la Maison Antoine“ (was nichts anderes bedeutete, als dass man dort seine mitgebrachten Köstlichkeiten essen durfte) setzen können, aber dann hätte sie auch wieder dieses Restaurantgefühl gehabt.

Sie stand also in der Schlange – sie war mittlerweile auf Platz fünf vorgerutscht (Angefangen hatte sie auf Platz 15 und das, obwohl beide Essensausgaben geöffnet waren) – und beobachtete die Menschen. In den Cafés saßen Jung und Alt, Schick und Schnöde, Bürokraten radelten auf ihren Villos vorbei und überholten die Autos, die nicht vorankamen. Cecilia summte vor sich hin. Amore ... Das Leben war schön.
Die Fritten in der Kühlbox verstaut (erstens zum Warmhalten, zweitens damit das Auto nicht nach Frittenbude roch), fuhr sie die Rue de la Régence hoch am Petit Sablon und dem Grand Sablon vorbei, rauf zum Place Poelaert. Von hier oben hatte man einen Blick über ganz Brüssel. Die Reifen quietschten, als sie mit ihrem kleinen Fiat vor dem Justizpalast parkte. Sieben Minuten. Das war ein Rekord. Aber schließlich sollte doch ihr Hochzeitstagsessen nicht kalt und matschig werden.
Ben war schon da. Er ließ seinen Blick über die sonnenbeschienenen Dächer Brüssels streifen und hatte Cecilia noch gar nicht wahrgenommen. Hoffentlich war er nicht sauer, dass sie so spät war. Aber ihr Mann begrüßte sie mit einem Lächeln und einem „Happy Anniversary“, dabei hielt er ihr ein kleines mit einem Schleifchen verziertes Kästchen entgegen. Cecilia fiel ihm in die Arme und das Essen war vergessen, bis Ben sie ein Stück

von sich schob: „Hattest du nicht auch etwas von einer Überraschung gesagt?“

Sie lachten, als sie sich die lauwarmen und schlabberigen Pommes mit Sauce Andalouse in den Mund schoben. Vielleicht hätte Cecilia die Kühlbox doch eher für das Bier verwenden sollen, denn dieses hatte mittlerweile die gleiche Temperatur wie die Fritten.

„Das ist das beste Hochzeitsessen, das ich je gegessen habe“, schmatzte Ben. Und Cecilia betrachtete ihren geschliffenen Regenbogen-Fluorit, der an ihrem Finger in der Sonne glitzerte.

Pralinen. Wer was auf sich hält, geht zu Pierre Marcolini für die extravaganten Geschmacksrichtungen oder holt sich die Klassiker vom Hoflieferanten Van Dender. Pierre Marcolini war am Grand Sablon und man konnte sogar online bestellen, aber Julie bevorzugte den persönlichen Kontakt. Das Auswählen war jedes Mal ein Abenteuer und Online-Bestellungen (egal welcher Art) kosteten sie immer den Verstand. Außerdem wohnte sie nur fünf Minuten zu Fuß von Van Dender entfernt. Schade nur, dass der Pralinier sich in einer so unschönen Ecke von Brüssel befand. Hier konnte man mal wieder ein wahres Brüssel-Phänomen entdecken: ging man um nur eine Ecke, konnte sich die Gegend so verändern, als wäre man in einem anderen Viertel gelandet. Früher war es die High Society, die hier ihre Geschäfte hatte, heute waren die meisten durch die Anwesenheit der Marokkaner geflohen (so die Meinung der Belgier der Umgebung) und viele der ehemaligen Geschäfte und Restaurants standen leer. Van Dender war geblieben.

An den Wochenenden, wenn Julie ihre Ruhe brauchte und nachdenken musste, setzte sie sich manchmal in ihren kleinen Smart, fuhr zuerst zu Van Dender und kaufte sich eine kleine Box mit Pralinen - ganz für sich allein - und dann machte sie sich auf den Weg zu einem Friedhof, um dort spazierenzugehen und nach und nach ihre Pralinen zu verdrücken. Vielleicht war ein Friedhof ein ungewöhnlicher Ort zum Pralinenessen, aber hier fand Julie einen Ausgleich für den Stress der gesamten Woche, hier fand sie Ruhe. In ihren Augen hatten die Friedhöfe eine romantische Atmosphäre mit all den Statuen und Engeln, die die Toten betrauerten. Sie kannte alle Friedhöfe der Stadt. Der Cimetière de Laeken mit einem Exemplar des „Denkers“ von Rodin entsprach vielleicht dem Pariser Père Lachaise, da er dank des Grabes der ersten belgischen Königin (gestorben 1850) Bourgeoisie wie Aristokratie anzog. Der Cimetière d‘Evere war der größte Friedhof der Stadt, und man konnte dort alles an Gräbern finden: von einfachen Holzkreuzen bis zu Familiengrotten mit Schutzengeln aus Stein. Auf dem Cimetière d'Ixelles war Julie immer noch auf der Suche nach dem Grab von Marguerite de Bonnemains. Ihr Liebhaber Général Boulanger hatte 1891 genau dort zwei Monate nach ihrem Tod Selbstmord begangen. Am liebsten aber ging sie auf den Cimetière du Dieweg in Uccle. Der war klein und überschaubar. Außerdem traf sie hier immer ihren Lieblingsengel. Er war nicht groß, vielleicht einen halben Meter hoch, und saß auf seinem Grab aus Marmor (es sah fast so aus wie ein Sarg) und sah Julie an. Mit ihm konnte sie über alles reden. Ja, es hatte fast etwas von einer Reinigung, all die Ereignisse der vergangenen Wochen mit ihm zu besprechen.

„Et voilà. Jetzt weißt du's. 19 Bewerbungen geschrieben. 19 Absagen. Und das Ganze in sage und schreibe neun Monaten. Und was noch? Robert ist sauer auf mich und Jean-Pierre meldet sich auch nicht. Und weißt du, was das heißt? Nein. Ich sage es dir. Es heißt, dass ich weitere zwei Jahre im Chaplin bleiben muss und es heißt, dass ich meine Unterwäsche wieder selbst zahlen muss und es heißt, dass der attraktive Jean-Pierre zwar unterhaltsam, aber ein Eigenbrötler ist, der es in der

Stadt nicht aushält.
Auch eine Praline? ... War ein Scherz ... Und weißt du was? Ich denke, ich werde trotzdem keine zwei Jahre mehr bleiben. Hatte ich erzählt, dass ich mir von meinen letzten Ersparnissen einen Wohnwagen gekauft habe? Nicht weit von hier. In Overijse. Ich denke, ich gehe in Frührente und werde nach Overijse ziehen. Was denkst du? Danke fürs Zuhören jedenfalls ... Wir sehen uns bald."

Daniel hatte die Familie zum Essen eingeladen. Zu sich, in die Parlamentskantine. Für die Kinder war das Parlament eines der größten Abenteuer schlechthin, das reinste Freizeitparadies. Die Gänge waren breit und hell, es gab herrlich viel Platz zum Herumlaufen, dann die Rolltreppen (die man stundenlang rauf und wieder runter fahren konnte), eine weite Aussicht aus der obersten Etage, die man mit dem Aufzug erreichte (das Spannende hier war, den richtigen Knopf zu treffen), geheime Gänge, Bildergalerien und viele nette Menschen, die den Kindern ständig zulächelten. Und wenn dann der Plenarsaal mit seinen Dolmetscherkabinen, die wie Schwalbennester an der Decke befestigt waren, noch geöffnet war und sie dort mit ihrem Vater „Wer ist der Chef?" spielen konnten, dann waren die Kinder glücklich. Nur Sabine fand es nicht so spannend. Das Rolltreppe fahren und der Plenarsaal langweilten sie, die geheimen Gänge fand sie nicht gar so geheim und die Bilder hatte sie auch schon hundertmal gesehen. Der einzige Lichtblick war die Kantine. Ihr Magen knurrte schon arg.

Auf dem Weg dorthin liefen sie durch die „Einkaufsstraße“ des Parlaments. Hier gab es eine Post, einen Friseur, einen Schreibwarenladen mit Zeitschriften und Büchern, natürlich eine Bank und eine Touristeninformation über Brüssel. Also alles, was der Eurokrat neben der Arbeit so brauchte. Bei der Touristeninformation fand Sabine einen Führer für Expats in Brüssel: „The practical guide to settling and living in Brussels“. Sie steckte den Brüsselführer ein. Sie lebte schon seit einigen Jahren hier, doch man konnte nie wissen, was es noch zu entdecken gab. Als sie das Kapitel Shopping durchblätterte, wurde ihr mal wieder bewusst, wie international Brüssel war. Hier gab es Lebensmittelläden aus jedem Landstrich. Man musste nur wissen wo. Aber dank Shoppingführer war das ja jetzt kein Problem mehr.

„Mama, komm.“

„Jaaa.“ Auch die Kinder hatten Hunger.

Als die Familie mit ihrem kleinen Rollwagen für drei Tabletts in der Schlange an der Kasse stand und Sabine sich in Gedanken schon ihr Fischfilet in den Mund schob, konnte sie dem Gespräch des Pärchens hinter ihr zuhören. (Sie belauschte gern fremde Menschen – immer auf der Suche nach einer Story, die sie zu Papier bringen konnte.)

„Findest du es denn nicht etwas umständlich, von der Kommission extra hierherzulaufen? Nur wegen eines Mittagessens."

„Ben. Ich freue mich über deine Einladung, aber wenn du willst, dass ich mit dir in eine Kantine gehe, dann bitte die Parlamentskantine. Wir haben es hundert Mal ausprobiert. Das Essen hier ist besser – wenn ich auch ein Restaurant vorziehen würde."

„Aber du weißt, Cecilia, dass dazu die Zeit zu knapp ist."

„15 Euro 50, bitte", sagte die Kassiererin zu Daniel, und Sabine würde nicht mehr erfahren, wie die Diskussion zwischen Ben und Cecilia ausgehen würde. Aber sie schloss aus dem belauschten Gespräch, dass die Eurokraten ihre Frauen anscheinend gern in die Kantine einluden.

Am Abend war sie mit Barbara verabredet. Das Goethe-Institut lud zu einer Lesung mit Umtrunk ein – gratis wohlgemerkt. Sabine wusste nicht einmal, wer die Lesung halten würde, aber sie vertraute Barbara. Barbara wusste immer, wann und wo es deutschsprachige Veranstaltungen gab. Sie hatte sämtliche Newsletter abonniert (Deutsche Botschaft, Goethe-Institut, Ländervertretungen und so weiter). So blieb einem auch im Ausland die Möglichkeit, die deutsche Kultur zu pflegen (landesspezifisches Essen und Getränke inklusive – vor allem Baden-Württemberg und Bayern boten einen guten Imbiss an). Außerdem war Barbara der Meinung, dass, wenn sie jährlich 9940 Euro bezahlen musste, damit ihr Kind in die Oberstufe der Deutschen Schule gehen konnte, dann könnte sie sich auch erlauben, auf Kosten des deutschen Staates an einer Lesung teilzunehmen und ein Glas Wein zu trinken.

Zu ihrem Erstaunen sah Sabine die Frau aus der Kantine wieder. Cecilia, wenn sie sich recht erinnerte. Wenn sie auch keine Deutsche war, so hieß das ja noch lange nicht, dass sie kein Deutsch verstand. Sabine lachte Cecilia an. „Hat's geschmeckt?" Die Frau sah ein wenig verdutzt aus. „In der Kantine. Sorry. Ich habe euch belauscht." Cecilia verzog das Gesicht. „Ich mag diese Kantinenatmosphäre einfach nicht. Auch wenn das Essen o.k. ist."

„Da können wir uns die Hand reichen. Ich bin übrigens Sabine. Das ist Barbara."

„Freut mich. Cecilia."

Das war der Moment, in dem die Lesung anfing, und die Zuhörer zu schweigen hatten.

Herrliches Wetter. Auf dem Weg zu seinem Büro radelte Jack quer durch die Stadt. Die Sonne ließ ganz Brüssel sofort viel freundlicher wirken. Jack schaute rechts und schaute links. Er genoss es, einmal ohne Stress zu sein und die architektonische Vielfalt Brüssels zu betrachten. Dabei kam er an einem kleinen Bed & Breakfast vorbei und erinnerte sich plötzlich an die ersten zwei Wochen, die er in Brüssel verbracht hatte. Damals hatte auch er in einem Bed & Breakfast gewohnt, einem umfunktionierten Maison de Maître, wirklich schön. Die „Hausmutter“ war Flämin, alleinerziehend mit einem zweijährigen Kind und einem Hund. Champ. Eine Mischung aus Rottweiler und Schäferhund. Carina war Juristin, sprach sieben Sprachen und verstand es, aus jedem Winkel ihres Hauses Geld herauszuziehen. Das Wohnzimmer, welches im für die Brüsselhäuser typischen Bel Étage lag, hatte sie durch einen Vorhang von der Küche und dem Esszimmer abgetrennt, so konnte sie es im „Notfall“ auch als Zimmer vermieten. Die Leute waren bereit, jeden Preis zu bezahlen, um zum Beispiel zu Messezeiten eine Unterkunft zu bekommen. Und wer sich beschwerte, wenn der Hund nachts reinkam, um seinen Stammplatz auf dem Divan einzunehmen, der konnte auch gern versuchen, sich eine andere Unterkunft zu besorgen, aber was gebucht war, wurde auch bezahlt, auch bei vorzeitiger

Abreise.
Jack hatte noch gedacht, das sei eben der flämische Geschäftsgeist und er hatte sich auch wirklich gefreut, als sie ihn zu einem Grillabend mit den ganzen Stammgästen zu sich in den Garten eingeladen hatte. Eigentlich war Carina doch wirklich reizend und der Abend in diesem kleinen typischen Brüsselgarten – umgeben von drei Mauern –, der aber dennoch größer wirkte durch die vielen Blumenbeete und dadurch, dass Treppenstufen eingebaut worden waren, die den Raum auf verschiedene Ebenen verteilten und so die Terrasse etwas höher gelegen war (man musste nur Ideen haben), hatte auch ganz nett angefangen. Doch plötzlich hatte Jack einen komischen Geruch in der Nase. Hmm. Das Kind war schon im Bett. Es konnten also nicht die Pampers sein. Oder stand hier ein Mülleimer mit stinkenden Windeln im Garten? Und dann sah er ihn. Champ saß zwischen den Blumen und machte sein Geschäft. „Ähäm, Carina ... Dein Hund ...“ Und dann kam es: „Meinst du, ich kann ständig mit ihm rausrennen, wenn er mal muss. Ich hab schließlich noch andere Sachen zu tun!“ - „Ja, ja, klar.“ Und er war so überrascht von Carinas Aggressivität, dass er es nicht über sich gebracht hatte, einfach aufzustehen und zu gehen. Er hatte also so gut es ging die Luft angehalten oder die Nase in sein Weinglas gesteckt.

Dann hatte er schnell und ohne zu Atmen seine Merguez gegessen und die Grillparty verlassen, um in der nächsten Kneipe mit einem ordentlichen Digestif die Mischung aus Wurstgeschmack und Gartendüngegeruch herunterzuspülen. Jack hatte diese scharfen Lammwürstchen in Metz auf einem Flohmarkt kennengelernt und sie seitdem geliebt (am liebsten dick bestrichen mit Harissa in einem Stück Baguette). Heute bekam er bei dem Gedanken an Merguez einen Brechreiz.

Und das war noch nicht einmal das Schlimmste. Das Schlimmste stand ihm noch bevor: Als Jack am nächsten Morgen in den Frühstücksraum kam – er war wohl der letzte der Gäste, da Carina schon die Spülmaschine einräumte –, fragte sie ihn erst gar nicht, ob er einen marokkanischen Pfannkuchen wollte, sondern wärmte ihm direkt einen in der Pfanne, so dass er schon gar nicht mehr ablehnen konnte. Ab und zu war seiner Meinung nach nichts gegen die aus Hefeteig gemachten Pfannkuchen einzuwenden, aber tagtäglich war zu viel. Für die Wirtin war es natürlich einfacher, Pfannkuchen mit Sirup zu servieren, als für ein reichhaltiges Frühstück zu decken. „Noch vier Tage", dachte Jack, „dann kann ich endlich hier raus." Sein Appartement wurde renoviert und war noch nicht bezugsfertig. Ohnmächtig ergab er sich seinem Frühstück, denn irgendetwas braucht der Mensch ja in den Bauch, bevor er aus dem Haus geht. Jack sah Carina bei ihrer Küchenaufräumaktion zu. Doch dann, er traute seinen Augen nicht, nahm Carina das Töpfchen des zweijährigen Mädchens, das in der Ecke saß und ihren Keks mit Champ teilte, leerte den Inhalt in die Toilette, die sich direkt neben dem Frühstückszimmer befand und stellte es dann zu dem Frühstücksgeschirr der Gäste in die Spülmaschine, legte ein Spültab ein, drehte am Rädchen und drückte auf Start. Das war zu viel, Jack hatte keine Lust, seinen Morgenkaffee aus einem Pisspott zu trinken. Er war wortlos aufgestanden, hatte seinen Koffer gepackt und hatte die letzten vier Nächte im Büro geschlafen - auf einer Isomatte, die er sich in einem Outdoor-Geschäft in der Galerie du Cinquantenaire in der Rue de Tongres, der Einkaufsstraße direkt am Ende des Parkes Cinquantenaire gelegen (und fünf Fahrradminuten von seiner Arbeit entfernt), besorgt hatte. Um Rechnungsangelegenheiten für das Zimmer musste er sich glücklicherweise nicht kümmern. Das übernahm der RTE. Und es war ihm auch egal, wenn Carina von ihm dachte, dass er unhöflich sei. Lieber unhöflich als doof ...

Aber Gott sei Dank gehörte diese Story der Vergangenheit an. Vielleicht wäre es eine Überlegung wert, einen Brüssel-Erfahrungsbericht zu schreiben.

Nachdem Cecilia das Haus nun erfolgreich umgestaltet hatte, fehlten natürlich die passenden Accessoires. Was war da näherliegend, als in das Quartier Marolles zu gehen?
Die Künstlerin ließ sich also von ihrem frisch verliebten Ehemann zu einer Spritztour im Porsche zum Place du Jeu de Balle einladen. Hier gab es jeden Vormittag einen Floh- und Antiquitätenmarkt im Freien. Sie parkten den kleinen Freund vor dem Place Poelaert und fuhren mit dem gläsernen Aufzug von der Ober- in die Unterstadt. Von dort bot es sich an, durch die Rue Haute oder Rue Blaes (Parallelstraßen, in denen sich ein Antiquitätenhändler an den anderen reihte) zum Markt zu gehen. Es herrschte ein reges Treiben. Cecilia stürzte sich ins Gewühl, strich über einen Messingkerzenständer, prüfte weiße Spitzentischdecken und zählte die Wurmlöcher in den Schränken.
„Du treibst mich zum Wahnsinn. Jetzt laufen wir schon zwei Stunden im Kreis und du hast noch nichts gefunden. Was machst du denn da?"
„Ich genieße", und Cecilia strahlte ihren Mann so an, dass er seinen Unmut vergaß.
„Eine Pause. Ja? Dann können wir weiter genießen."
Cecilia musste schmunzeln, steuerte aber ihrem Mann zuliebe auf La Clef d'Or zu, von dem sie wusste, dass es 1873 das erste italienische Café im

Viertel gewesen war.
„Deux cafés, s'il vous plaît!", bestellte Ben und vertiefte sich in die Financial Times, die wie durch ein Wunder aus seiner Jackentasche hervor kam.
„Bleib du hier. Ich glaube, ich habe dort hinten die passenden Nachtschränkchen für mein Klimtzimmer gesehen."
Und zehn Minuten später stand sie, gefolgt vom Gehilfen des Antiquitätenhändlers, mit zwei nicht besonders gut erhaltenen Nachtschränkchen vor Ben. „Sie können alles hier abstellen", orderte Cecilia und Ben fühlte plötzlich ein ungutes Gefühl in der Magengegend aufsteigen. Sollte er die Möbel in seinem Porsche nach Hause schaffen? Doch Cecilia stellte sich die Frage anscheinend gar nicht. Sie hauchte ihm einen Kuss auf die Stirn und war schon wieder verschwunden. In der Rue des Tanneurs (parallel zum Jeu de Balle) gab es Le Siffleur, ein Geschäft, das bis unters Dach mit antiken Lampen und Metallbeschlägen vollgepfropft war. Hier würde Cecilia die passenden Griffe für die Schubladen finden. Sie war in ihrem Element, als sie kurz darauf bei Ben erschien und ihm eröffnete, sie bräuchten nur auf Helena zu warten, sie würde mit dem Kombi ihres Freundes kommen, um die Nachtschränkchen abzuholen. Sie könnten in der Zwischenzeit einen Salat essen.
Als die Möbelstücke gut verpackt auf dem

Heimweg waren und Ben mit Cecilia Richtung Sablon schlenderte, war Ben so sehr vom Organisationsgeist seiner Frau beeindruckt, dass er kaum mehr Lust hatte auf den Prunk des Sablon mit seinen Antiquitätenhändlern unter ihren Zelten, die alle „très chic" und nur vom Feinsten waren. In seinen Augen blitzte es. „Lass uns auch zurück fahren. Wir könnten die Schränkchen im Klimtzimmer aufbauen und es einweihen."

Cecilia sah ihren Mann, der seit kurzem so verändert war, an. Das Leben war doch einfach schön.

SCHLUSS

Sabine, Barbara und Julie saßen an der Bar des Chaplin und tranken Champagner. Julie feierte ihren letzten Arbeitstag und Sabine, dass ein Verlag sein Interesse an ihrem Manuskript bekundet und sie gebeten hatte, die Freundschaftsgeschichte zwischen der kleinen Eidechse und den beiden Kindern weiter zu fantasieren.

Gerade erzählte Barbara, dass sie zufällig Cecilia im Filigranes (Brüssels größtem französischsprachigem Buchladen) getroffen hatte (Cecilia war nun auf dem Weg nach Venedig in die zweiten

Flitterwochen), als sie durch das geöffnete Fenster einen gutaussehenden blonden Mann um die 30 in einem grauen Anzug, sein Fahrrad schiebend (ein Plattfuß?) auf das Chaplin zukommen sahen. Anscheinend zog ihn die ausgelassene Atmosphäre an. Die Abendsonne schien auf die kleine Terrasse des Cafés und es war noch genau ein Tisch frei. Der junge Mann nahm dies wohl als einen Wink des Himmels und ließ sich nieder.

Jacky, die die Abendschicht unterstützte, ging nach draußen, um nach seinen Wünschen zu fragen. Der junge Mann stellte sein Laptop auf den wackeligen kleinen Tisch und blickte der Bedienung entgegen. Und selbst von drinnen konnte man sehen, wie es förmlich in Jackys Augen aufblitzte. Sie hatte in dem Gast den Mann von der Vernissage bei ihrem Zahnarzt wiedererkannt, der so überstürzt verschwunden war, dass sie kein Wort mit ihm hatte wechseln können.

Ein herzliches Dankeschön ...

... an den Autor und Journalisten Tony Connelly, der mich in die Geheimnisse des Auslandsjournalismus eingeführt hat; an Murielle Heleven für ihren guten Kaffee; an Doris Hogan für ihre unglaublichen Brüssel-Anekdoten; an Ute Wein für eine großartige Idee; an Maria-José Dominguez für einen grandiosen Hinweis; an Brigitte, die mich auf all das hingewiesen hat, was ich nicht schreiben soll; an Claudia Feldmann-Guignard und Renate Müller für unermüdliches Korrekturlesen; an Mareile Herbst, ohne die ich nie auf die Idee gekommen wäre, über das Leben in Brüssel zu schreiben; an meine Familie, die mir so viel Schreibzeit eingeräumt hat, dabei vor allem an meinen Mann Gregor Erbach für seine Tipps, da er Brüssel so gut kennt, dass er das Buch hätte schreiben können; an all die anderen Expats wie Einheimischen, die mich auf erwähnenswerte Besonderheiten des Brüsseler Alltags aufmerksam gemacht haben und zu guter Letzt an alle kreativen Geister für ihre Inspirationen.

Außerdem im Autumnus Verlag

Kulturmagazine im Web

Librikon.de
magazin für kinderbuchkultur

Librithek.de
das literarische nachrichtenmagazin

Krimikon.de
das politische kulturmagazin

Librifex.de
magazin für Schöne Künste

Daniel Ableev: Alu. Roman
ISBN 978-3-938531-14-3

Almut Stärk: Imhotep & Eulalie. Roman
ISBN 978-3-938531-52-5